U0898944

寻找唯一的真相

现代推理馆 | 誉田哲也

少女的复仇

〔日〕誉田哲也 著

千太阳 译

中国出版集团 现代出版社

目录

暗一重

警察归根结底，无非是一些奇怪的公务员罢了，其实我是一直都对警察这个职业不屑一顾的。直到那件事情发生……

警视厅小金井警察署新小金井派出所位于东京都小金井市东町，那里曾是我执勤的地方，属于地域科的第三系附属部门。

眼前是市中心横贯东西方向的连雀路。虽然有车辆往来，但是距离最近的车站还有一段距离，所以每天人流很稀少。也许正因如此，几乎没有交通协管之类的事情可做，遗失物品的事件更是很少发生。

四周都是古老的民宅，偶尔有一些农田，时不时还能看见小商店。警署管辖范围内虽然有抢包啊、盗窃啊等案件的发生，但都离这很远，所以从没遇到过需要紧急出动解决的事情。

总而言之，我的工作一直很悠闲。

按规定我们是每四天一轮班夜班执勤。虽然有点累，但也只是每天站着，或是骑着自行车巡视。每天只要完成日常的巡视行程，基本就没有什么其他特别的事了。对于今年已经三十九岁的我来说，已经完全没有复习考试成为警察补的欲望了。只是每天无所事事，眺望对面民宅上方的天空一边发着呆，一边拔一拔自己的鼻毛。

我曾经在刑事科工作过很短的一段时间，所以偶尔也有过想再回搜查科的想法。虽没有提出调职的申请，但当被上司问到未来的希望时，我回答的是“刑警”。只是这个愿望一直没能实现，掐指一算，这样的生活已经整整过去五六年了。

那天也是一个晴天。

我的后辈提醒我说，拔鼻毛会使细菌进入体内，因此无所事事的我，只好一边摆弄喉结上的疙瘩，一边站岗执勤。二月中旬乍暖还寒，但幸好附近有暖炉，所以也没吃太多苦头。

此时，左前方一带，从信号灯的一角突然出现一辆白色的自行车，本以为是巡警中的后辈，结果却并不是我想的那样。

来的人是大村和己。他比我年长三岁，又是同一个巡查部部长，我们两个人可以说是好哥们儿。他在东小金井站前派出所执勤，好像傻瓜一样，从远处向我挥手而来。

“喂喂——木崎——”

我反倒是等到声音清楚地传达到耳边以后才向他打了声招呼。

“您辛苦啦……这个时间来干什么？”此时，头上方的时钟正好指向四点半。

“没什么，你看，之前我借给你五千日元。现在，是不是可以还给我啦？”

对了，这么一说我想起来了。上周一起去玩赌博机的时候，的确向他借了五千日元。但谁让今天是二十三日呢。

“啊，那个那个……不好意思，能再等几天吗？我现在手头有点紧。后天，后天不是发工资的日子吗？”

“浑蛋小子，明明是单身汉，要说手头紧也应该是我才对啊，快点还钱！”

大村是有家室的人，大女儿现在正好上中学，虽然我的确没什么家累，但是：“我现在真的是没有钱啊。”

“臭小子，这应该是债主说的话吧。”

大村个子虽小，但是嗓门却很大，真庆幸这条路来往的人不多。

“不是不是，我觉得特别抱歉。但是，要是现在没了五千日元，我可真的就穷困潦倒了，拜托拜托，再稍稍等等。”

“要是能等我就等了，但是今天不能再等了。”

“为什么呀？”

“这和你无关，我当然有我自己的情况啦。”

“要说情况，那我也有啊。”

“撒谎！”大村朝我大喝一声，“如果没有就去向别人借，连这个也做不到的话就去自杀吧。”

“喂喂，我说你，这可不是警察应该说的话呀。”

其实，我十分了解大村，这个人是个急性子，我一直这样认为。所以只要推脱一下，那家伙没准就会放弃了。

果然不出所料，大村也就坚持了五分钟，最终还是放弃了。

“唉，没办法，只能让伊东君先还借给他的一万日元了。”

伊东是生活安全科科长，一位五十岁左右的警部。他同大村好像还住在同一个机关宿舍，而且伊东科长也有一个女儿，好像还和大村的女儿在同一个中学上学。

我只好两手摊开，说了声“对不起”，并试图委婉地把话题转到别的方面上去。

“啊，对对，说起大村你和伊东科长，还真的是交情很深呢。”

“嗯。从毕业后分配到西新井警署开始，他就一直很关照我。包括现在住在家属院里也是，伊东君这个人啊……唉，你个浑蛋小子，你借我的五千日元可不能要赖啊，喂喂……”

对面人行道上的一只乌鸦朝北上空飞去，而恰好一辆公交车也从大村身后呼啸而过。

“我明白，一定会还的，只要工资一发，我马上还。”我一咂嘴，叹了一口气。

大村理了理防寒服的衣襟，凝视着我，说：“我说木崎呀，还是不要再玩赌博机了。”

“啊？我还是有赢钱还你的本事的。”

“浑蛋小子，向我借钱，然后又输掉，现在还不了钱了吧。还是好好学习吧。”

发工资的日子就是还钱的日子，大村嘱咐我别忘了，说着就又骑上自行车走了。

说实话，我还真没准就又把这事给忘了呢。

傍晚六点左右，三鹰市边陲附近发生一起狗被撞飞的交通事故，我觉得有点烦，于是干脆就让后辈去巡查长那里处理此事。

九点左右，叫了份亲子盖浇饭吃，没想到刚吃完就开始犯困，后辈劝我休息，我就顺势委托后辈替我站岗，自己则趁机睡了一小会儿。

起来之后，从十点半开始看电视，突然想起后辈曾说还要交替站岗的事情，于是只好硬着头皮出门站岗。两个后辈巡查长进到屋子里面，吃在我熟睡期间送来的晚饭。因为没有什么特别的香味，所以也不知道他们到底吃的是什么。

就在那时，接受指令的喇叭响起来了。

“警视厅的各位工作人员请注意，小金井市东町四丁目——发生一起枪击案，一人死亡，请各位工作人员迅速赶往现场。”

虽然当时的风并不寒冷，但当我听到这个消息的那一瞬间，我的汗毛却好似全部都竖起来了。

枪击案？一人死亡？而且还是在小金井东町四丁目？这不就是管辖区范围内吗？瞬间，有一种两脚陷入到混凝土地板中一样的错觉。

这种事情真的还是第一次遇到。枪击案已经够让人害怕的了，更何况这次案件又恰恰发生在自己的片区里！虽然我曾经当刑警时也遇到过类似的案件，但当时因为只是在盗窃科工作，所以往往都只是尾随调查而已。像今天这种直接面对持枪犯人的场面，还是头一次。

我想象着此时在黑暗处，或是影子里，正好有个身着黑色装束的男子躲在那里。但也许是警察的本能吧，“立功”两个字也同时浮现在我的脑海中。

此时的我不假思索，把手伸向了插在右侧腰部的S&W·M37手枪，不不不，现在这个时候拔枪干什么，还是先赶去现场再说。一个人吗？不会吧？那未免也太傻了。

我回到待命室，看到后辈们嘴里塞满了点心，而脸上的表情却无比的僵硬。

“听，听着，现在……”我一边说，他们两个人一边使劲点头。

“那个，首先是柴田，你过来。”

一旦遇到危险，比起那些头脑灵活的家伙，稍稍有点迟钝的人或许更能成为自己的挡箭牌。

我也有些慌神了，刚才明明通知中说过被害者已经死亡，但当时的我却一点都没有察觉。

“走吧，快点儿。”

管区内的门牌号我大体心中有数，但为了以防万一，我还是看了一眼墙上贴的地图才出门。我骑上自行车，看了一眼后面的柴田，然后以最快的速度向凶案现场赶去。

我经过了下午大村出现的那个拐角处，转变后又径直走了一小会儿。凶案现场应该就在从东小金井站分割开来的那条道路再稍稍向左一点的住宅街道上。

果不其然，到了那儿正好看见四五个附近居民模样的人正聚集在那里，从门牌号来看，凶案现场应该就是在小巷里面的公寓。于是我们把自行车停在了小巷子口。

“啊！”

柴田发出了一声惊呼。也就在同一时刻，我也注意到了在公寓门口，停了另外一辆白色自行车。怎么回事？难道我们不是第一个赶到现场的吗？

“那个，这里有提供线索的人吗？”

环视四周，居民们都纷纷摇头表示不知情。

“但是，有一位巡警，已经进入现场了。”回答的人是一位身着运动服、五十岁上下的男子。

什么？竟然一个人进入凶案现场？到底是谁？竟做出这样的蠢事。

“哪个房间？”

“那里，第二层，右边数第二个房间。”

那里是一幢相当干净的西式风格二层小公寓，有四扇门。他所说的凶案发生地是右数第二扇门。确实，那扇门微微开了一条小缝，有一丝光线从里面射出来。

此时，安心和气馁这两种截然不同的情绪同时涌上了我的心头。

大概是因为原本属于我自己的立功机会一下子不翼而飞了吧，但与此同时，我又为可以不用担心被杀人犯袭击而感到庆幸。因为从目前的情况来看，即使是遇到了袭击，受害者也不可能是我。但话又说回来，这位提前进入凶案现场的，究竟是哪位勇士呢？直到现在也没有传出任何的枪击声，现场到底是怎样一种状况呢？

“柴田，保护现场。大家要回家的话，请从这条路绕行。”

如果把三十米左右的小巷封锁，应该就可以充分保全现场了。我如此这般地指示着柴田，然后跟他说：“喂，我去案发现场看看。”

柴田点点头，于是我开始向公寓走去。

途中，我不仅准备好了手枪，还解开了手枪的安全设置。

我心中默念着，犯人你可绝对不要开枪啊，当然，我也同样是不想开枪的。

这样一边自己心里嘀咕着，一边一步步地向凶案现场靠近。

公寓的左侧有一个不太结实的钢筋混凝土台阶，我先在台阶内侧顺着缝隙向里窥视一会儿，然后前进几步，在暗处观察，发现没有什么可以隐藏身体的空间。再次前进几步，朝着邻居家相接的缝隙看了看，那里是仅仅只能容纳一只猫大小的狭窄空间。

我下定了决心，这次要一步一步地上去。

我脚上皮鞋的硬橡胶底，小声地踏着铁板，发出微微的响声。

走到尽头，再折回，终于站在了露天走廊上。如果此时犯人从那扇门中出来，那我将无处藏身。我心里不由得开始诅咒起这些规规矩矩的居民来，心想他们哪怕是放一台洗衣机什么的也好，关键时刻说不定还能起到保护作用。

正在胡思乱想的时候，我已经走到了从里数的第二扇门前。此时，我感到自己的心脏正以前所未有的巨大声响扑通扑通地强烈跳动着，与此同时，我体内的血液也迅速地涌向头顶。

向下望去，刚才的居民们已各自回到家门口，此刻正从自家门口向上观望着。柴田把小巷的左右往来的入口用写着“禁止通行”的胶带围住。

没办法了，进去看看吧。

门的缝隙在我同一侧，可以稍微瞥见屋内的一点地面，但看不太清楚到底有没有鞋。

我左肩靠着灰泥墙壁，用指尖固定住开着的门，然后敲了敲。

“啊，没事，请进。”

怎么觉得这声音这么熟悉呢?

我打开门，站在玄关处，惊异地发现里面的人竟然是大村。

“大村，怎么是你?”我不由问道。

“嗯?啊，原来是木崎呀，辛苦你了。”他也放心地收起了手里的警棍。

我迅速地观察了一下屋里的情况。

眼前的房间虽小，但也有厨房和餐厅，里面有一个八叠①大小的西式房间。虽有一扇玻璃拉门分隔开，但是现在则是全部打开的状态，因此里面的情况可以一览无余。餐厅里还有一扇门，那里面应该是厕所或是浴室。整个起居室也就只有八叠的大小，大村此刻就站在起居室的中央。

但令人感到不可思议的是，房间内的物品居然少之又少。

一张别致的小圆桌旁，有两个小凳子。靠墙一侧有一个沙发。对面一侧的地板上有一台收音机，再就是散落一地的杂志。除此之外，屋子里就没有一个可以称得上是家具的东西了。仔细一看，厨房也没有碗架，只有橙色的水壶坐在炉灶上，连一个盘子和杯子都没有。

不对，问题是这个房间只有八叠大小。

在木村的脚下，躺着一名成年男性，他脸朝下倒在那里，他身着一件白色针织衫和一条宽松裤子，后背上有几个弹孔，上衣已经被鲜血染成一片红色。

---

① 八叠：八块塌塌米在日本典型房间的面积是用塌塌米的块数计算的，一块称一叠，大小是宽九十 cm，长一百八十 cm。

再看看大村，此时他也和我一样，右手里拿着枪。

“难道，大村，你……”

我换成双手持枪，把枪口瞄准向了他的左肩。

“浑蛋小子，你搞错了吧。是我报的案，别开玩笑了。”

他大声咆哮着，并把手放到嘴边。果然，他左手的白色手套上有被血染的痕迹。这一刻，我才发觉原来我竟是如此的缺乏经验，简直太笨了。

大村一边说“赶快放下枪”，一边将自己的枪装入枪套中。

我也收起了手枪，同时取出上衣口袋中的手套。

“那个，这到底是怎么回事？”

大村歪着头说：“谁知道呢？我进来的时候，已经是这种状态了。初步确认已经死亡。”

“犯人呢？看到了吗？”

大村撇了一下嘴：“虽然看到有一个黑影进入到了对面小巷，但是不能确认是否是从凶案现场逃出去的……你，先到外边去，我也去那边看看。”

我看了一下脚下，有一双白色靴子和一双破旧的黑色靴子，其中的一双应该是被害者的。好像大村也是脱了鞋进入现场的。这又是怎么回事？穿着鞋也不会污染现场，这他应该是知道的啊？

“快，出去呀。”

我好像被推到了外边的走廊。此时耳边响起了警笛声，寻着声音望去，数秒钟后，果然看到了小巷对面停了一辆熊猫车（黑白色的警车）。

大村一边穿着鞋一边催促着我出去，于是我只好又返回到楼梯，并走下了楼。我走到小巷的尽头，沿着主干道出去。

此时，警车已先后到达了五六辆，熊猫车后停着的是鉴定科的车。

和我们打招呼的是刑事科（刑事组织犯罪对策科）的强行犯搜查股的担当股长——铃木警部补。

“报案人是你吗？”

从四面八方涌来很多穿着便服的警察，瞬间把这里围了个严严实实。我突然有一种负疚感，这是为什么呢？

我摇头说不是，旁边的大村向前一步站出来。

“报案的人是我，东小金井站前派出所巡逻长大村。”

“你确定被害人已死是吗？”

“是的，后背的正中央，挨了三发子弹。我进来的时候，他已经断气了。”

鉴定科员开始在通往现场的路上铺设橡胶通行带。

“听到枪声了吗？”

“是的，但是不能确定具体位置，居民报告说那里大概就是凶案现场。因此，我就顺着居民的指示，进入到现场。”

“看到嫌疑犯了吗？”

大村手指向对面的路。

“我看到了一个黑影进入那条小巷里，但是否是从凶案现场逃出来的就不得而知了。除此之外，没有看到其他的可疑人物。我认为从这里出去的只有居民。车站那边虽然也有人影，但是从枪声和我当时的位置来判断，就是刚刚那名可疑人物。”

铃木股长一面向一群身着便服的警官下达搜查令，一面又问大村：

“当时你在哪？”

“那个，我在对面的电线杆附近。”大村说的地方距离现场的那个小巷大概四十米左右。

“你当时在那做什么呢？”

“正在巡逻，正犹豫要不要顺便去一下便利店呢。”

“为什么还犹豫呢？”

“……嗯，其实我正在戒烟，可还是很想吸……但是又想忍一忍，不知道怎么办才好。”到底他的戒烟和当时在那里停留是否有关系，这些问题此刻似乎也已经无关紧要了。

“你听到了几声枪声？”

大村皱了皱眉，说：“那个……我没有听清，我感觉可能是三发，也许再多一些吧。”

“当时没有数吗？”

“没有。”

“目击到的可疑人物，是怎样的长相和穿着？”

“一身黑，好像是运动上衣和运动裤。”

“身高呢？”

“大概有一百七十公分吧。消瘦型身材。”

“脸呢？”

“没看到。”

“性别呢？”

“男性。”

“你确定吗？”

“是的，我确定。”

铃木叹了一口气，接着便开始指挥手下的人开始工作。

鉴定科人员此刻已全部进入现场开始工作。

“凶案现场的对面是怎样的情况呢？”

“窗下有一堵围墙，对面是一片空地。”

“犯人有从那里逃跑的可能性吗？”

“我已经确认过面向空地的那扇窗户，是上着锁的。因此应该没有这种可能性吧。”

铃木询问大村还有没有注意到其他的细节，大村回答说没有，问询到此便暂且告一段落。

我是大概两个小时后才返回到派出所的，为什么熊猫车会停在门前呢？等我进到里面才发现，原来同一地域科的田川巡查部部长也来了。

“有什么事情吗？”

“哦，木崎啊，你辛苦啦。虽说有点仓促，但还是希望你立刻返回警察局。”

“为什么？”

“可能是有好消息吧。”田川长着一张腌菜石头一样的脸，此刻他用一种与自己的脸形完全不相称的奇怪眼神向我眨了眨眼。

我只回了一句“啊，这样啊”便拿起自己的手提包，径自进入到熊猫车里。这里距离警署有两千五百米，如果不等信号灯的话，都用不了五分钟。

“不好意思，我来晚了。那个……田川班长交代我……”听了我的话，地域科科长便又指派我到三层楼去。

三层是刑事组和生活安全科搜查系的楼层。

下了楼，我看到一个很大的房间。

“不好意思，我是地域科新小金井派出所的木崎信吾，巡……”

“啊，你过来。”里面向我举起手示意的是刑事组科长川合警部。

我走上前去，行了个礼。

“……嗯，你之前是在警署盗窃部犯罪科工作过吧。”

“嗯，但那是很久以前的事了，那时我还在福生警署工作。”

“啊，这样啊……没关系，这无所谓。也就是你学过搜查，对吧。”

“是的，那个我学过。”

“那就好，明天这里将成立一个帐房（特别搜查本部），想请你过来帮一下忙。这件事我会跟你的科长说的，明天记得要穿西装来。今天你可以先回去了。”

发生了杀人案件，但还没有逮捕到犯人的时候，警视厅本部会联合其他部门组成搜查本部，按惯例搜查本部要以刑事部搜查一科为主导，进行搜查行动。

值得一提的是从搜查一科来的刑警最多也就十几个人，但调查杀人事件至少需要四十人左右。而这里的刑事组却只有二十名刑警，所以即使一半的刑警都加入到搜查本部，也还差将近一半的人。没办法，上面只好从警署内部召集有过搜查经验的人。总而言之，我的到来纯粹是为了凑人数。

“是的，我明白了。”我答应道。

一想到从此就能脱离派出所执勤了，我感到非常高兴。

第二天八点半，警局召开了第一次搜查会议。地点就设在警署五楼的礼堂。

“起立，敬礼……”

在座的就是参加本次案件的搜查人员。我坐在了十排会议桌的最后一排。

坐在首席位置上的有我们的警署署长、刑事科科长，还有不认识的两位男士。右侧的男士站起来，调整好麦克风，说：“我是搜查一科凶杀组十二股的森园，首先报告一下截止到今早所得到的信息。”

既然说了十二股，那他一定是股长了。那他旁边的人很可能就是管理官或者是搜查一科的科长。

“首先，从被害者本人说起。姓名：小池基文。小池就是小的池塘，基是基础的基，文是文章的文。小池基文。三十一岁，家住武藏市吉祥寺本町二丁目……”

武藏市与小金井市的东侧相邻，吉祥寺站是从东小金井站开始的中央线路的第三站。周围都是比较繁华的大街。

“小池是大和会系奥山组旗下的暴力团体——猪俣组的成员之一。”

从前面的座位传来了一沓照片，是小池基文的正面照。

“接下来，报告一下验尸结果。被害者共计中四发子弹身亡。左肩一发穿透肩膀，后背两发，右侧腰部一发。后背的其中一发直达心脏，可以被认定是致死原因。从鉴定结果推测，嫌疑犯是先打开凶案现场的门，站在门口的地方直接开枪的。从现场痕迹看，没有发现凶手有进入厨房和里面的西式房间的迹象。也就是说被害者起初是从正面左肩受到枪击，然后因背朝向在玄关处的嫌疑犯，所以后背和腰部又中了三发子弹。此外，还有一发子弹是由于嫌疑犯失误打在了墙上，共计五发子弹。”

大家传阅被害人的照片。如果不知道他的名字的话，还以为他是菲律宾人。

“现场遗留下五发子弹的弹壳，从形状判断是马长洛夫（PM）的九毫米子弹，所以也可以认定凶手所使用的枪支也是马长洛夫（PM）的。可能是中国制造的五九式。关于以上报告还有什么问题吗？”

吉祥寺周围有势力的猪俣组成员主要被分成了三派。作为其中一员的小池竟然在东小金井公寓被枪杀，可见组成员之间说不定有什么不可告人的纠纷状况呢。

此刻有人问租住这个公寓的户主身份。

“名义上的租赁人是上原真由子。虽然身份不明，但住址却离凶案现场很近。在小金井市梶野町五丁目。”

另外，附近居民有目击称，曾看到一名身份可疑的男子从之前的小巷走出，向车站对面住宅街跑去。此外，还有许多证言称，在凶案发生以前，现场总是有年轻女子来回进出。

“下面讲一下现场鉴定报告。”做报告的人是刑事部的鉴定人员。

“首先凶案现场是正对着玄关的那六叠半的厨房餐厅，而餐厅的里边则是八叠的西式房间。除此之外，就只剩下一间洗手间了。室内除被害人外，又采集到十多个人的指纹。从指纹大小来看，大部分都是女性。从玄关以及外侧走廊上还采集到很多女性皮鞋所遗留的痕迹。另外，玄关、外走廊以及向下的通道上都采集到了男性运动鞋所留下的痕迹。从位置关系上来分析，我们可以认为这个鞋印就是嫌疑犯的，现在关于运动鞋的品牌等信息正在进一步的调查中。”

穿运动鞋的男人……很多女性……

会议最后，上面公布了本次凶案调查人员的分组名单。

我和一位叫作平山的本部机动搜查队的巡查刑警部长一组，我们今后将以东小金井站的附近人群为中心展开搜查工作。

“我叫平山，今后请多多关照。”

“啊，彼此彼此。我是小金井警署地域科的木崎，请多关照。”

平山看起来还很年轻，所以我就冒昧地询问了一下他的年龄，原来他刚三十一岁。

“这么说，您和被害者还是同龄呢。”

“是啊。不过这么说，总好像有一种不祥的预感似的。”

在这种本部搜查里，阶级和工龄都不重要。一般来说，都是本部搜查员把握主导权。这个平山总给我感觉有点强势。

搜查员们都迅速赶往所负责的区域，虽然有搜查用 PC（匿名警车），但大多数人都选择乘坐出租车或电车。我们的负责区域因为就在车站，所以就决定乘坐电车过去。

但是一到车站，我们就傻眼了。

看了一下表才上午十一点，已经过了交通高峰时段，这里经过的人充其量也就是附近的老人和商店店员，再就是推婴儿车的妈妈们、公园里玩耍的孩子们，以及他们的保姆。随后又陆陆续续来了一些大学生。

向这些人询问昨晚的枪杀事件，能问出什么来呢？

如果大村现在在站前派出所的话，还不如问问他呢。但不巧他今天又不当班，这可怎么办呢？

平山好像也很困惑。

即使偶尔询问了一下身边经过的上班族，也并没有获得什么有价值的信息。再说原本那些有可能搜集到线索的有利地段，肯定早就被刑事部的主力成员优先抢走了。

真麻烦啊。

如果我们得不到什么有价值的线索，不仅没办法立功，就连我也会错过转调到刑事科的机会。

我一边想着这件事，一边看着川流不息的人群。这时候，我突然想起这里大概会有女高中生们经过。即使今天不是二月十四日情人节，私立高中的学生们期末考试一结束，也都会选择在附近的街上闲逛。

突然，我脑中猛地回想起一个信息。

在凶案现场的房间中，曾发现过很多年轻女子进出的痕迹，而这似乎也就意味着和小池有过接触的女性曾在房间长时间逗留过。这样的女人如果带去吉祥寺那样的高级公寓还好，为什么偏偏要去那种令人生厌的房间呢？不仅如此，我们在房间内还采集到了很多被鉴定为是女性的指纹。

通过这些，我开始猜想，事情的经过会不会是这样呢？

凶案现场只是那些女性暂时逗留的场所，这些女性就是我们俗称的宾馆小姐，只要一通电话就会被派遣到男人需要的地方。而小池正是这些小姐的经理人，或者，更准确的可以称呼他为卖淫头目。这些女性通过援助交际，或者卖淫来赚钱，而小池则在幕后充当组织者并从中抽取佣金。

嗯，的确是一个好线索。

杀他的人无疑使用的是马长洛夫手枪，也许是和猪俣组有敌对关系的暴力团体的成员也说不定。尽管去搜查他们的这件事，对于只是在站前进行搜查工作的我们来说是非常困难的，但是不是可以从周边人忽略的小细节中找到线索呢？如果能找到曾经暂时到过在那个房间的人的话，也许就能找到嫌疑犯。

嗯，绝对没错，这真是一个好线索。

一时间，我觉得自己简直就是个天才。但是又仔细一想，这种程度的推测，搜查一科的同事也许也会想到的吧。也许他们早就知道了，但只是不说呢。是的，看他们搜查一科的刑警们就是这样的一群人。

即便真的是那样也没关系。如果我真的在站前发现了什么好线索，也不失为一个不错的分配，不是吗？

一时间，我忽然觉得自己一下子有了干劲儿。

我跟平山说了我的想法。在之后的时间里，我只要看到年轻女子，就会给她们看小池的照片，并询问她们“你们知道这个人吗？”或者“你们知道和他有关的人吗？”

这样干了四五天，却毫无收获。这期间在搜查会议上，我得知其他组的搜查员原来竟和我的想法一样。不行，我绝对不能输给他们。

我们查到凶案现场的名义租赁人叫作上原真由子，四十五岁，是东小金井车站附近一个叫作“真由”的小酒吧的老板娘。虽然不清楚她是否和小池有肉体上的关系，但是有确凿的传闻称，只要去真由酒吧，就可以给你介绍年轻女子。

也就是说小池分配女孩，而真由子招揽客人。他们俩很可能就是通过这样的方式进行合作的。

第六天，我们第一次遇到一位知道小池的女高中生。

“啊……这个人啊，他很危险呢。”

“哎？怎、怎么危险呢？”平山突然像一个见到女孩子就会不知所措的男高中生一样，吞吞吐吐地问道。

“啊？我可以说吗？”

“请说吧，您说吧。如果是需要保密的话，我是不会告诉任何人的。”

“那个……他常常以约会的名义，叫女生去吉祥寺，然后这些女孩子就被带到宾馆，被强奸或者注射药品，拍照……之后什么都做，这样子。”

注射药品？被强奸？再加上恐吓，恶劣行径还真的不少。

平山一时不知道该说些什么才好，没办法，接下来只好换我继续提问。

“你们认识那些被强迫的女孩们吗？”

“不，我们才不做那种事呢。只是这个人总是出现在吉祥寺阁楼一带，朋友告诉我他是那样的人，而且他的确看起来也是那样。”

“那你的朋友为什么知道他呢？”

“为什么呢？也许是听说的吧。”问完了，我留下了这名女高中生的联络方式，几天后，我便拜托她把告诉她这件事的朋友介绍给我。我坚信，如果就此追查下去的话，一定会找到遭到迫害的女孩子。

但是，归根结底我们这些普通人无论如何是敌不过那些杀人犯搜查专家的。自搜查本部成立起的第八天，也就是在二月二十一日晚上的会议中，我们便得知了搜查早已经紧锣密鼓地展开的消息。

做报告的人是凶杀班十二股的大股长，他也曾是武藏野强行犯工作人员的拍档。

“小池逼迫十几岁的少女服药、拍照，并强迫她们卖淫。其中有一位少女，在一年半前自杀了。她叫吉井春香，十七岁。吉井是吉祥的吉，井字的井，春香就是春天的香气。吉井春香，都立武藏野东高中二年级学生。当时小池的隐蔽住所在吉祥寺南町。也许是他害怕被揭发，或是怕相关人员的报复，后来他便把隐蔽住所改在了凶案现场那里。”

此时此刻，礼堂的气氛忽然变得紧张起来。

被强迫卖淫的女孩自杀了？

首席的森园股长手握麦克风说：“武藏野警署的组对（组织罪犯对策部），还有本部的搜查员，你们不知道这件事吗？”

本次案件中的被害人是暴力集团的一员，因此，从搜查第二天开始，本部的组织犯罪对策部就开始外出展开搜查工作了。

其中一个人傻笑着说：“那个，只是一个女子高中生自杀，根本没有必要逐个调查，再说武藏野警署的组对也不负责这种自杀案件啊。”

此时，在后面的一个应该是武藏野组对部员的男子听到此话也顺势苦笑了一下。

森园股长眉头紧锁，便重新转向报告人问道：“那么，揭发这条线先暂且不谈，相关人员的报复又是怎么一回事？”

“是这样。那个吉井春香有一个年长他九岁的哥哥，叫吉井淳也。‘淳’是挥霍享乐的享字组成的淳，淳也。今年二十八岁，在公司上班。

他在春香自杀后，就一直不停地打听着小池的消息，但怎么也找不到他……当然了，因为小池已经把据点转移到东小金井了。但是经过一年半的追查，他终于查到小池在东小金井也在从事着同样的卖淫活动。因此，他想要报复小池，最后才杀死了他……我认为，这个想法应该是可以成立的。而且恰好吉井淳也的身高也是一百七十公分，属消瘦型身材，与目击者的证言一致。”

“有接触到那个吉井吗？”

“还没有，但是目前已确认了他的行动规律。他是新宿的一家电器商店的店员。杀人事件发生后连续三天，他一直没有上班。三天后，他才开始又像往常一样去上班了。”

如果工作地点在新宿的话，也就是在歌舞伎街区周围，在那里应该是可以得到手枪的。除此之外，就没有其他证据了。

“这么说，应该就能确定是他了吧。”

“是的，失误的可能性很低。”

接下来的报告便没有什么像样的信息了。

事到如今，大家似乎已经认定“嫌疑犯就是吉井淳也了”。

之后搜查组又花费了五天时间搜查证据，调查工作都已经到了找人来警局协助问话的调查阶段了。当然，在此期间我们也二十四小时不间断地监视吉井的行动。

我和平山也曾跟随着调查组调查吉井。

前几天晚上十点左右，我预先回到住宅附近的西荻南，和从单位一起来的搭档会合以后，便开始交接下面的工作。初一看这个吉井，虽然人有些胆小懦弱，但是却给人一种非常内向沉稳的感觉。

一直到第二天的一大早，我们就这么一直监视吉井的住处，接着又尾随他去新宿上班，并监视他是否有从工作单位出来。直到晨会结束，才又过来新的同事和我们交接了工作。我和平山这才又一起返回小金井的帐房。

虽然没有什么值得大书特书的重大事件，但也还是要坐下来写书面报告。接着，森园股长发话说：“我去吃个午饭，你们留下来看守。”

其实他只是累了想休息一下，但是作为搜查一科的警部大员，实在是没有办法实话实说。

“好的，您请吧……慢慢吃。”

我也效仿平山，在旁边对警部鞠了个躬。接着他便带领桌边的其他几位负责人，走出了礼堂。

此时，礼堂里就只剩下我和平山了。初春午后温暖和煦的阳光从朝南打开的窗户里照射进来。

我感到自己真是很累，不仅是肉体上，也包括精神上的。现在我的脑子里只想着午睡二字，除此之外什么也不想干。

去搜查地点查看，只是确认那个胆小懦弱的吉井是否还在而已。现在最令我感到揪心的是不能确定自己到底能不能进入这个确定的班组，想到这个，我的心里真的是很没底。

当初既没有发现吉井这个人的存在，也没有提供与立功有关的线索，作为派出所的巡逻部长，或是机搜组的年轻同事，在这个帐房中，说到底我们都只是配角而已，不，几乎就等于是临时工。其实我们根本没有参加这种高级案件搜索的资格。

“那个……要不睡个午觉怎么样？”我小声地嘀咕了一句，平山似乎也有同样的想法，苦笑了一声，似乎是在回答我说："好啊。"

我把四把椅子并排摆好，摆出一个临时床的样子。

"但是，木崎，你要是真睡着了，如果这时警部回来，会很麻烦的吧。"

嗯，是不是放四把椅子有点多呢？

"那，我就摆三把椅子吧？"

"哎呀，不是摆椅子的问题……"

正在这时，身后桌子上的电话响了。我俩不假思索地对视一下。

"……我来接吗？"

"啊，好的，你来接吧。"平山这家伙可真是胆小啊。我不禁这样想着，一边向桌子跑去。

我拿起了三个并排的临时电话中最左边的那个话筒。

"您好，这里是小金井东町，暴力集团杀人案件特别搜查本部。"

"啊，您好，我是东朋大学法医学教室的村井，是负责解剖那位被害人的法医。"

哦，对了，听他这么一介绍，我的确是在资料上看到过"村井"这个名字。

"承蒙您的关照……"

"那个，您能帮我叫森园警部接一下电话吗？"

一提起法医，总感觉对方应该是一位年事已高的长者，但是这个村井的声音，却是非常年轻的。

"不好意思，森园警部暂时不在，有什么我可以帮你转告给他吗？"

"啊，这样啊……实际上，我的上级昨天再次审阅了给你们送去的调查报告，并给我指出了一个似乎不太对劲的地方。”

“怎么说？”

“嗯，那个，是这样的……死因是由于枪击创面致死的，对吧。”

所谓枪击创面，就是指被枪袭击之后所留下的伤痕。

“通常，从手枪射出的子弹都会快速旋转，这个旋转会给创面周围细胞组织带来明显的损坏，并深入体内。损坏创面的范围与旋转速度成正比。通常都是遗体表面损坏范围大一些，创面越往深处越狭窄。因此，最狭窄的地方就是子弹停止旋转的地方。您听明白了吗？”

这些内容，我似乎曾在讲习中学习过。

“也就是说，子弹击中身体所造成的损伤部位，从横断面来讲，是越来越窄的……总而言之，就是类似于钵状的形状吧。”

“是的，正如您所说的那样。但是由于人体的肌肉和皮肤是有弹性的，创面本身不可能留下钵状的形状。穿透的部分，如果没有达到骨头，最终就只会形成一条直线状的孔洞。但是经过解剖，检查毛细血管等损伤部位，损伤范围就可以说是钵状的形状了。”

“嗯，我明白了，然后呢？”

“是的……但是，在这次的尸检上，在钵状创面的底部，还可以发现一条直线一样的伤口深入体内，这个就是我的上级发现的。”

还有一条直线形伤口？

“这个怎么讲？”

“也就是，进入体内，并且已经停止旋转的子弹，以直线形再次深入体内更深的部位。我测了一下，大概有二点五厘米左右。我们索性可以认为正是这二点五厘米的创伤，使子弹直接深入体内并直达心脏，而这，极有可能就是造成被害人最终死亡的直接原因。”

他一个劲地讲着，但我却好像有点没听懂。

“那个……不好意思，能说得更清楚一些吗？”

“嗯，是这样，此次案件中，被害人的最终损伤创面并不是钵状，而是底部又延长出一条直线。也就是从横断面来说，创面不是‘V’字形，而是‘Y’字形。”

不是钵状，而是漏斗状？不是“V”字形，而是“Y”字形？这到底是怎么一回事儿？

“哎呀……这个单单口头说也说不明白，您能给我传一份书面文件吗？我会把此事转告给森园警部的。”

“好的，我可以确认一下您的传真号码吗？”

我将帐房的传真号码告诉他便挂了电话。

我把从村井说的事情传达给了森园股长，并确认了村井发来的传真。

但是，领导们究竟是如何解释创伤这个问题的，我们作为下级工作人员是无从知晓的。目前，我们所有人还是觉得犯罪嫌疑人就是吉井淳也，于是专案组的所有人仍旧按照这样的思路继续工作着。

有人报告说，曾亲眼看到在凶案现场周围，有和吉井面貌类似的男子出现过。而此时搜查员也了解到吉井当晚并没有不在场的证据。

三天后，吉井为配合警署的协助调查，被带到了小金井警署。当时他穿的运动鞋的鞋底与凶案现场发现的鞋底也是完全一致的。接着，搜查人员搜查了他的住所，在那里他们找到了一件黑色运动服，并发现衣服的袖口上竟然还出现了硝烟反应。

在那之后又过了两天，搜查本部获得了逮捕令，我们正式逮捕了在家中的吉井。在之后的会议报告中称，吉井好像已经和同住的父母交代了自己的罪行，所以在逮捕他的时候并没有出现大的混乱。

调查审讯时，吉井对他所作所为供认不讳。

因为比自己年轻很多的妹妹被凌辱，还被逼服药，甚至被迫卖淫最终被迫选择自杀，在他的心底里一直埋藏着对小池的憎恨。

和预想的一样，他是在歌舞伎街区那里，从一个不认识的中国人那里买来的手枪。这条线索是本部搜查对策组成员发现的，大家似乎都觉得很骄傲，所以特意地在会议上提到了这一点。

他的犯罪动机就是由于小池逼死自己的妹妹而结下的怨恨。吉井完全落网了，案件看起来好像顺利解决了，但其实不然。

原因是吉井称，在他杀人的时候，现场还有其他人。

事情是这样的。

在吉井进屋的时候，在玄关处还有一双女性的运动鞋，但是因为他所憎恨的小池基文这时正好从里面的西式房间出来，因此吉井便慌乱地连开五枪，然后也没有确认他是否死亡就慌忙逃离了现场。那时，他似乎听到了有女人的哭声，但是为了不让对方看到自己的面容，还是急忙逃跑了。

我曾向大村巡逻长再三确认过此事。但是大村说自己进入现场时，并没有看到一个那样的女人。既没有发现鞋，也没有看到有从现场出去的人。而且附近的居民也没有看到有女人的身影。

这么看来，这些话很可能是吉井自己编造的。

但是，编造这样一个没有目击到的人的谎言，对于吉井本人来说真的是一点好处都没有。既然吉井已经承认了自己的全部罪行，并且他也有杀人的动机，那他完全没有必要再编造这样的谎话啊。

究竟是什么原因让他坚持这样的说辞呢?

吉井称自己的行为只是为了不让第二个、第三个像吉井春香这样的女孩无辜死去。并且，他没有为了灭口而连那位目击者也连同杀害掉。他一再声称，自己是出于正义感才杀害小池的。

大部分的警署领导们似乎都认可这一观点。

从目前的情况来看，基于吉井对于犯罪事实供认不讳，所以即便是现在起诉他也是没有任何问题的。

根据吉井所供述的路线进行搜索，在井头公园的七井桥附近，果然发现了一把还剩四发子弹的手枪。此物证可以被称为是“秘密的暴露”，是判决吉井有罪的强有力证据。

虽然从池中发现的手枪上已经采集不到任何指纹，但可以确定的是在池中找到的这把手枪子弹同小池体内采集到的弹痕完全匹配，因此可以断定这把手枪就是杀人凶器。这下，维持公判的物证已经基本备齐了。

搜查本部除留下一些做后续调查的调查员以外，剩下的全部解散，大家又都重新返回到原来的工作地点。等待我的，当然还是每天继续在派出所执勤。我是多么想听到“恭喜你，从今以后你将被正式调到刑事组工作”这样的话啊。

只不过，我越想就越觉得此次案件还是有些地方说不通。

关于这次的案件，在我心中仍然存有一个疑惑。

那就是在帐房中并没有引起领导们注意的，遗体创面的不可解释的损伤范围这一问题。本来枪击应该留下钵状创面，但是为什么变成了漏斗形呢？我想继续追查下去。

最初我并不十分清楚那个创面到底是什么意思，但是我为什么又会被这一点所吸引呢？我也不明白自己心里到底是怎么想的。

为什么呢？这到底是为什么呢？

三月也快接近尾声了，听说警局的各个部门也许会有一些人事变动。但我却还是老样子，大村同样也没有。我只听说生活安全科的伊东科长荣升被调往警视厅本部了，这可以说是唯一的好消息。

但同时还有一个坏消息，那就是警署里的经费预算问题。

所谓搜查本部，就是所辖警署以“协助调查”的形式而设立的。由于在工作期间的餐饮费以及搜查费用都很高，所以所辖警署无论如何也要挤牙膏似的挤出这一大笔钱来。另外，本来搜查本部的预算经费应该从警视厅本部下发，但是大部分却都被上级扣押了。不过此时说这些也没有用了。

正因如此，调职之际的欢送会，从警署这一方就把补助资金给切断了。不仅如此，食堂的午饭也规定要消费二十日元以上，此外连水电煤气也不能乱用。

就连烧洗澡水这样的小事，也都要每次向领导请示，只有得到了署长的命令才能洗澡。很多年轻人因此得了感冒，没办法，大家只好联合起来向地域科科长抗议，所以此方案只执行了四天就取消了。总而言之，现在的经济状况真的是十分糟糕。

但是，对于依旧在连雀大街执勤的我来说，这似乎也不是什么大不了的事。因为对于此刻的我来说，心里还存在着一个巨大的谜团。

我实在没办法让自己从这个谜团中走出来。

当晚，大村巡查长在现场。首先进入凶案现场的他，看起来样子真的是非常的镇定。

这个谜团在我心中好像乌云一样膨胀，并慢慢地吞噬着我的内心。

闲暇的时候，一旦没有车的噪声，我就会闭上眼睛，想象当晚大村的样子。

到底是为什么呢？究竟是哪里不对呢？

我实在受不了这样的折磨了，终于有一天，我决定独自一人踏上搜查之路。

四月中旬的一个深夜，我把大村叫到了案发附近的一个公园。

“什么事啊？还在这样的地方？我还在执勤呢。”

大村比约定时间迟了两分钟到达公园，我确定周围没有人，于是便从口袋里拿出钱包。

“你一定是忘了一件事吧。你看，我还欠你五千日元呢……”

“切……就为这事，特意把我叫来吗？”

大村一把夺过纸币放入兜里。不过兜里却露出标有清凉成分的包装纸，好像他已经打消戒烟的念头了。

“不是，其实我有事想问你。我觉得，案发那天好像有什么不对劲……”

“有什么不对劲啊？为什么？是我吗？”

我点头示意，大村叼着烟点上火，烟从他的鼻孔里呼呼地冒出来。

“我，有什么不对劲啊？”

“没开玩笑，那天在现场，关于你做的事。”

“啊？我做什么了？”

我伸出手，大村眉头紧皱，一副惊异的表情，说：“所以，这到底是怎么回事？”

“……警棍，借我用用。”

我本来只是想让他听一下我的想法，但他却怎么毫无反应呢？

“为什么借给你警棍？”

“别管了，给我看看。”

“为什么是警棍？给我个理由，理由。”

果然和我预想的一样，气氛有些紧张，谈话进行不下去了。

“大村，你最初进入现场的时候，当时真的没有别人吗？”

我看到他下颌的肌肉有些僵硬，但也仅此而已。

“关于这一点，在帐房里我已经反复被问过多次。但是我谁也没看见，也没有看到什么女性的运动鞋，我就是这样回答的，而且大家也都同意了。我到现场的时候，小池的尸体就倒在地上。”

“那为什么你又再次决定要把小池杀死呢？”

我的这句话似乎刺痛了大村，只见他的眼睛开始迅速地转动着。

我确信这是一个很好的激将法。

“事实原本是这样的。你进入凶案现场的时候，其实还有人在。你看到那个人从窗户逃走后，便锁上了窗户。因为你当时戴了手套，所以即使是你锁的窗户，也不会留下任何指纹。至于地上有你的足迹，你可以说是去确认窗户是否上锁而留下的……但实际上你知道小池还没有死，吉井射出的子弹并没有直达小池的心脏，你正是注意到这一点，所以才再次刺死了小池……用你的那把警棍。”

“你说什么呢？”

大村不交出警棍，我只好拿出自己的。

“关于小池的真正死因，通过法医鉴定证实，并不是单纯从后背受到枪击致死的。因为从手枪中射出的子弹，在心脏前面就停止了。但问题是这颗子弹又一次被人插入体内深处，而这才是小池真正的死因。创面周围，细胞组织的损坏范围呈漏斗形，现场可以做到这一点的物品，你的警棍是最适合不过的了。”

我把自己的警棍伸长，这是伸缩式的特殊警棍。

“把警棍的头伸长……像这样，就变细了。只要这种程度，就完全可以深入到小池的枪击创面。而你正是这样，将一度停止的子弹，直接插入心脏……最终导致小池死亡。”

大村一直来回看着我的脸和警棍。

“后来我到了现场，你慌乱地用手套擦拭警棍上的血迹，把警棍收好……怎么样，被我猜中了吧！”

但是大村毫不慌乱地吐着烟圈。

“我为什么要这么做呢？”

“这不明摆着吗？为了保护从现场逃离的女人。”

“我为什么要那么做呢？或许……你是不是想我的女儿也和这个卖淫场所有关？”

我摇头表示拒绝。

“不是，从现场逃出来的不可能是你的女儿。你，我还不知道吗？绝对不是为了那种保护自己女儿而犯法的人。你又小气，又懦弱，就连戒烟的毅力都没有，但是你作为警官却很正直，至少我一直都这样认为。我说得不对吗？”

“唉……你这是夸我呢，还是贬我呢？”大村从刚刚另一侧的兜里，取出便携烟灰缸，把变短的烟蒂扔到里面。

“大村，你看到的不是自己的女儿。是伊东……原生活安全科的伊东科长的女儿。”

大村拿着便携烟缸的那只手一瞬间握得更紧了。

“我从搜查本部解散以后，就利用不当班的日子自己调查。你的女儿在案发的时间里，正好在附近的补习班上学。了解到这一点之后，说实话我也松了一口气。但是从点名册的缺席名单中，我发现了另一个名字：伊东静加，难道是伊东科长的女儿？经过调查，果然不出所料。而且在当晚的作案时间里，她也并没有去补习班。不，不只是那晚，之前她就好几次没去上课。”

公园前，有一个穿运动服的男子经过，我等他经过之后，才又继续和大村说：“从毕业分配那时起，你就一直受到伊东的照顾，十年之后再次在小金井警署相遇，他还把你介绍到了家属宿舍居住，于公于私都很照顾你……所以，她的女儿出现在杀人现场的这件事情绝对不可以公开。而且你还看到了她和黑社会一样的男子在一起，你就更会隐瞒此事。”

我向地上吐了一口唾沫。

“如果在现场的是你自己的女儿，或许你会如实汇报。但就是因为她是你上级的女儿，反而让你不敢说出实情……你也听说伊东科长荣升的消息了吧？所以这个时候就更不能说了……我说的没错吧。”

这时，大村突然把警棍拔出来，指向我。

“要查你就查吧。”令人感到意外的是，大村是用很自信的口吻说出的这句话。

“大村，你不会不知道吧。即使是用水煮，或是用洗衣液洗，还是会出现多米诺反应的。”

即便此时，我的一番话也丝毫没有动摇到大村的自信。

“你的推理，有一个关键性的失误。小池的致命伤不是我刺的，也就是说作案工具不是警棍。”

刺伤小池的难道不是大村吗?

我感觉冰冷的血液开始在我的体内倒流。

“真正的凶器应该是圆珠笔或是自动铅笔一类，这种东西更细一些，更好插入……我进入现场的时候，看到静加把笔从小池体内拔出，收拾好放入兜里。当时的我还不太了解情况，像你说的一样，我确实不想隐瞒这件事。但示意她拿着鞋逃跑的人的确是我。关于窗户的事情也正如你所推测的一样。实际上，当晚我先看到静加进入那个房间，实在不知如何是好，于是就一直在附近徘徊。如果那时我要是先闯进房间的话，就不会发生那种事了。但是，事到如今，后悔也没有用了。所以我才……”

大村突然给我下跪，说：“木崎，这件事完全是我一个人的责任。你忘掉吧。嫌疑犯自始至终只有吉井，请你忘掉现在这条线索吧。从现在开始停止搜查，拜托！关于静加我也有责任，我一定会找到她的。”

此刻我也不假思索地蹲下身来，问大村：“她是不是失踪了？”

“啊……案件发生之后，她好像就没回过家。伊东科长也拜托私家侦探在找他的女儿。”

我自己也的确听到过这样的传闻。

“拜托了，木崎。你什么也没注意到，什么也没听到，什么也不知道。就这样好吗？最终责任都在我，我绝不会做那种伤天害理的事。所以请你保密，拜托了。”

我一时不知道怎么说才好，大村仰起脸看着我。

“如果你不听我的，一旦把这件事向上级举报了，那时，我也许会杀了你……”

杀了我？我不知道大村和伊东到底有多少纽带关系，但我想这家伙一旦有事，没准真的会先杀了我。

“我知道了，我不会对任何人说的。”

在深夜寂静的街区，一位少女在暗处消失了……

我此时或许还不知道真正的黑暗到底有多深。

萤蜘蛛

下午，我写完关于清理外面废弃广告牌的报告书之后，便合上了笔记本电脑。最后我把复印件放入负责股长桌子旁边一侧标有“未处理文件”的箱子中。

到此为止，今天的工作算是结束了。抬头一看墙上的时钟，时间指向十点半。但是因为今晚要值夜班，所以就不能回宿舍了。晚饭、洗澡、睡觉，一切都要在警局内解决。

首先，我回到自己的座位，把九点之前买好的便当从袋子中取出来。虽然已经凉了，但也没事，将就吃吧。

突然，一起值夜班的石丸巡查长看了我一眼说：“……麻吉，你又在吃便当啊？”

提起“麻吉”这个绰号，真的是让我感到太害羞。那还是我在警视厅西新警署生活安全科防范科工作的时候同事们给我起的绰号。虽然换了单位，但是我的职位却仍然还是巡查部部长。

“是呢……虽然是便利店做的，但是却很好吃呢。”

为什么给我起一个像曲艺魔术师一样的绰号呢？原因其实很简单。

我的名字是“山岸”，但是在同一科里，已经有两个分别叫作“山田”和“岸本”的前辈，大家都亲切称呼他们为“山酱”和“岸酱”。但是我的名字却是“山岸”，于是就取读音中正中间的两个假名，变成了现在的“麻吉”。取这个可笑名字的人不是别人，正是这个石丸。

“说实话，你是想去看那个女孩吧。”

“才没有呢。”不，其实我本来就是这样想的，但是很遗憾，没有遇到我想见的那个人。

“那个女孩真的很可爱，好像叫米可来着。”

“不，才不是呢！”我没有看他，把五花肉和米饭大口吞入口中。

“但是，她有男朋友。”

关于这一点，我也知道。

但因为对这件事感到无名的气愤，我便顺势塞了满满的一口饭在嘴里。

“通信指令部来电，在梅岛三丁目，二十二……附近路段，有一名男子腹部流血倒在那里。请相关负责人员紧急赶赴现场。”

我们互相对视，眉头紧锁。此刻声音正从天花板上挂着的扬声器中传出来。

“他说的相关人员……”

“我们……应该和本案无关吧。”

因为如果男子出血原因是交通事故的话，那就归交通科管。如果是施暴或伤害导致流血的话，就归刑事科管。保护现场的工作属于地域科的工作范围，应该与我们生活安全防范系没有关系。

“应该不用我们去。”

“是的……不用。”

门外传来一阵有力的皮鞋声，但马上又听不到了。

楼下刑事科的刑警一定都已经赶赴现场。相比来说，三楼的我们倒是相当的安静。同属生活安全科的谈话系和少年系、保安系的人员好像也未出动。隔壁的交通科是执行系和电子设备系，他们同样也和此次案件无关。

“不去的话，真的没事吗？”

“是啊，没被叫去，不是好事吗？”

即便如此，在这个节骨眼上大吃特吃好像也不太好，我只好迅速地把盒饭吃完。

不一会儿，建筑物外侧停车场的大门被打开了。

但是让人感到有些意外的是，这次夜里的骚动并没有想象的那么严重。

原因是，倒下的男子已经身亡，并且还是被刀或其他利器刺伤致死的。

既然人已经死亡，那就没有必要再送往医院了，按照惯例，这样的情况尸体应该被送往大学的法医学教室那边。但问题是除了非常案件，半夜那里是不会接收尸体的。所以只好把尸体先暂时运到警署地下室的停车场中，由刑事科强行犯系总括股长尾关警部补来检验尸体。

我们虽没有被叫去现场支援，但是此时在三楼呼呼大睡似乎也有点不合时宜，于是我俩决定下楼去看看。

半夜两点，副署长也来到警署，一时间执勤的警员们全部都集中在了一楼的警务科。其中有交通科三人，加上生安科的我和石丸在内一共五人。还有警务科和警备科各两人，总共十三人。

我们熟识的地域科巡查长，此刻正双手拿着一个似乎很重的塑料袋从自动门进来。他来不及跟我们打招呼，只是向我们这边轻轻点头打了下招呼，就直奔楼梯一侧跑去。

石丸也目不转睛地看着他。

"对了，刚才好像听到尾关股长说，买些冰块回来。"

"冰块，为什么呢？"

"为了冷却尸体啊，防止腐烂。"

今天是五月的最后一天，因为快要到梅雨季节了，所以空气也相当的潮湿。但是，话说回来，从今天到明天也就几个小时，尸体会这么快就腐烂吗？

过了一小会儿，尾关股长和之前的巡查长从停车场走了上来。

"现在情况怎么样？"

听副署长这样一问，尾关不由得眉头紧锁，回答了一声"是"。

在"腹部和胸部有三处大的刺伤。手上也有看似是在防御时所造成的伤口。目前死者身份已得到确认。"

在尾关的催促下，旁边的巡查长把资料板和塑料袋拿出来。袋中是死者的驾驶证，副署长对比着两者说："加贺诚，二十三岁……"

"住址是凶案现场对面的公寓。因为死者手指上沾有机油，所以应该可以认定是做体力活的。负责打听的同事中，有没有什么新的发现？"

“不，还没有……今晚应该是抓不到凶犯了，真是够麻烦的。”

发生杀人案，如不能立刻抓捕到犯人，通常警视厅本部都会要求支援。如果是这样的话，这次也应该以本部的搜查一科为主导，成立特别搜查本部来调查此案。

但是，我认为副署长口中所谓的“麻烦”，应该是钱的问题。如果警视厅本部要申请支援，就要设立搜查本部，那餐饮费、交通费、临时出行费就都要警视厅来承担了。

但是出乎我们意料的是，这个担忧最后却并没有发生。

当晚我们并没有抓捕到犯人。

第二天上午十点半，我和石丸做完手头的工作，却没能回去。因为防范系统股长墨田警部补要求我们再留一会儿。

“为什么呢？”

石丸看着墨田警部补，他双眉向上吊起，他这不是在开玩笑，而是困惑时的怪癖。

“唉，就是昨晚的那个案件，听说，警视厅本部不出动搜查员了。”

有一种预感在我脑中闪现，此刻，石丸在一旁默不作声，而我似乎也在等待着墨田警部补下面的话。

“……那么，就要在警署内部找一些目前手头上没有工作的人员来协助调查，署长一会儿就会发布这个指示。”

“那就让我们在发布指示之前回去吧。”

墨田用鼻子哼了一下。

“你也太不通人情了。帮个忙不行吗？”

“但是这和我们没有关系呀，而且我们也没学过搜查方面的知识，对吧……麻吉。”

是呀，我也点了点头。

“没事，这都无所谓。总之，要先凑下人数。”

“那本部这次不派人支援吗？”

墨田再次吊起双眉。

“嗯……可能他们现在手头有忙不过来的工作，而且被害人也没什么来历，大概他们觉得查起来也没什么意思。”

“什么？搜查一科竟然根据被害人的来历的有趣与否来决定是否要调查吗？”

“不，不是啦……反正这个叫加贺诚的家伙，只不过是暴走族中一个不起眼的小流氓，之前做过一些非法改造的工作，现在成了一名汽车工厂的修理工……所以，这次事件也许只是小流氓之间的内部纠纷而已。因此上面根本不当一回事，就不派人手了，干脆让下面的人去查算了。”

石丸也叹了一口气。

“无关紧要的杀人案，就找半吊子的下级所属警署来查是吗？”

“唉，别这么说自己。感到麻烦的应该是刑事组吧。我们不都是同一组的同事吗？过几天命令一出，他们就会来的，到时候，说不定警视厅本部也会派人来支援的。”

我自己倒是没什么。但事到如今，石丸却仍然有些不情愿。

不管怎么说，刑事搜查是警察业务中最引人注目的，相当于专业棒球中扫垒安打一样。但是，要想成为接受专业讲习的真正刑警，一定要有相当的努力与本领才行。并且，一旦当上了刑警，说不定就没有私人时间了。一想到这些，我就对刑警这一职业一点热情都没有了。

但如果只是作为帮手去顺便看看的话，我还是挺乐意的。

我轻轻地用胳膊肘推了推石丸。

“石丸，我们去吧。我们昨晚夜里执勤，也算是和此案有关联，要不就一起参加搜查吧？”

石丸小声地说：“我可不想查案。”墨田好像完全没有听到一样，很夸张地拍了拍我的肩膀说：“是呀是呀，来和我们一起做吧，麻吉。”

于是，我们便从此加入到了“梅岛三丁目，工人杀人事件搜查本部”中。

搜查本部设在警署的最高层——四层的第二个会议室。坐在首席的有署长柳井警官和刑事组科长本木警部，还有强行犯统括股长尾关。另外，今天在座的还有从各科召集而来的十三名搜查员。

“……那么下面就案件的大体情况做下说明。”尾关环视了一下屋子四周，便站在了白板前。

“昨大，接到报案的时间是夜晚十点三十七分，报案内容如下：在梅岛三丁目二十二附近的路边，有一位男子腹部流血倒在那里。三分钟后到达现场的有西新井站前派出所的保田巡查部部长，被害人当时心跳已经停止。又过八分钟，也就是十点四十八分，刑事科的搜查员也赶到了现场，他们对周围地段进行了搜查，但并没有发现类似凶手的可疑人物……解剖工作刚刚已结束，死亡原因断定为从胸部刺向心脏的伤口大量出血而导致的休克性死亡，凶器应该是一把二十厘米长的利刃。”

我努力地抄写这白板上的信息，但是身旁的石丸却连笔记本都没有打开，也没有拿笔，他一直抱着胳膊低着头。

“接下来，介绍一下被害人的身份。加贺诚，二十三岁，身高一百六十六公分，体重五十七公斤左右。住址是案发现场对面的木质公寓——高宝检岛的103号房间。本来是和母亲同住的，但是其母在两年前便下落不明……加贺的工作地点在西新井荣町三丁目的高峰汽车修理厂。三年前，加贺曾是当地的暴走族‘鬼罗亚头狂’的一员，汉字这里就不详细说明了。他曾被教育改正十三次，被逮捕七次，被判伤害犯罪两次。隐退之后他仍同组织的老成员保持联系，现在在工厂里帮同组的人非法改造车辆的可能性极高。”

从前排传来加贺诚的照片。一定是逮捕的时候拍的，照片上，他的脸部轮廓十分清晰。

他头发理得很短，眉毛也修得很细，而且眼神也很凶。长脸，下巴有些凹陷，是非常典型的暴走族成员的长相。

这就是加贺诚啊……

心中默念这个名字的时候，我突然想起了什么。

诚，马口头，马口？①

一副不良少年的样子，小个子，短头发，扁下巴，一个被人叫作“马口”的年过二十的男子。

难道是他？

我和她相遇是在一年前，地点当然是那家位于警署后面的、之前提到过的便利店。

虽然记不清具体是星期几，但是应该是学校休息的日子，她从白

---

① 日语里“城”字的读音是Makoto.

天开始就一直站在收银台那。

我像往常一样，把便当和啤酒放在收款台上面。

“欢迎光临。便当需要热一下吗？”

她就像打开了小太阳的开关，并给了我一个如阳光般灿烂的笑容。

我瞬间就爱上了她。

“是，好的……麻烦你了。”

她一面回答我“好的，知道了”，一面再次给我一个笑容。她返回到收银台，并打开后面的微波炉。我心里小鹿乱撞，默默地注视着她的背影。

虽然她个子小，但身材很好。被衣服包裹的腰和腿都很细，而且橙色上衣的衣襟下，意外地看到她圆润的臀部。

她再次朝向我的时候，首先闯入我视线的竟然是她那让我当时有些窒息的隆起的胸部。

“我先去结算。”她在扫条形码的时候，我确认了一下她的胸牌，上面写着“饭村”两个字，那她的名字又是什么呢？

“总计七百三十三日元。”

我慌乱地拿出一千日元的纸币，并收下了她找我的零钱。她的手指很白，很纤细，看起来只有十几岁的样子。从她的左手无名指上我没有看到戒指，这下我终于放心了。

“让您久等了，感谢光临。”

从那以后，我总是有事没事便来到这家便利店。即使自己不想买东西，也会询问警局同事有没有什么需要的，以便有借口能来这里。

我频繁地来这里买东西，自然对她的了解也渐渐多了起来。

果然，和我最初预想的一样，她是高中生。有一次晚上九点半之后我去便利店，从后院看到她穿校服的样子。而且，有时会听到其他店员喊她“由美”，饭村由美，果然是和长相一样可爱的名字呢。

她常常是傍晚五点开始工作，大概到夜里九点或十点结束。因此，我每天五点十五结束一天的工作后，便会在回宿舍的途中顺便去一下便利店。

夏天快过完的时候，又来了一位女孩子。她叫泽田，看样子也像是一个高中生。以后好像她们两人约好的一样，经常一起工作，生活中她俩关系肯定也是很好吧。在没有客人结账的时候，她俩会聊聊天，饭村看起来比以前更加活泼开朗了。

但是，两人从相貌上来说，却完全属于相反的类型。

饭村，怎么说呢？有一张西式的脸。如果说她有四分之一的混血的话，我也会相信的。她的头发颜色很亮，很轻盈很有层次。皮肤白皙，瞳孔呈栗色。笑的时候，露出八颗牙，特别迷人……

相比而言，泽田则给人一种典型的日本人偶的感觉。头发又黑又直，皮肤白这一点倒是跟饭村很像的。但是怎么说呢，总感觉她白得有些发青。身高比饭村稍稍高一点。虽然她是位美女，但是给人感觉却异常的冰冷。对我而言，我更偏爱饭村这种类型的女孩。

但是，从女性魅力这一点来说，泽田似乎更占上风。偶尔和石丸聊起便利店中可爱的女孩子时，怎么都觉得石丸说的那个女孩就是那个泽田小姐。

“啊。原来麻吉你喜欢的是八颗牙那位啊。”

“嗯。但是其实另一位也是美女啦……”

石丸虽然认同饭村是位美女，但总感觉她过于幼稚。

“麻吉，也就是说你是萝莉控了？”

“不是吧！……萝莉控？”

“不是吗？她才是高中生啊。和你相差十岁呢。你得考虑一下自己的年龄啊。”

“你说什么呢？那另一位不也是高中生吗？你和她相差的年龄差岂不是更大？”

要知道，石丸可是比我整整大了三岁。

“不对，那个女孩已经超过二十岁了，她不像是十几岁的女孩子。”

“不可能，绝对是高中生。”

不过，我确实没看到过她穿高中校服的样子，所以也不敢确定。

一直都忘不了上个月，也就是四月二十四日的那一天。

当晚值夜班的我像往常一样买了便当，决定在自己桌子上吃完，这时电话突然响了起来。

在电话一旁的岸本巡查长接起来电话。

“您好，这里是生安科谈话系……不不，我是岸本……阿部已经回去了……这样啊，那可怎么办啊……但是没有办法啊……你就想办法处理一下吧……好的，明白了。”

放回听筒的岸本，好像要找什么一样，巡视着四周。

“……怎么啦？”

我问了一下，果然岸本又说了一句“好难办啊”的话，说着便把椅子拉近到我这边来。

“楼下来了一位年轻女子，想要找生活谈话科的人。但是，平时谈话科的负责人不是阿部吗？我真是不知道怎么面对她们这些年轻女孩子。”

阿部巡查部长的工作是处理性骚扰、跟踪、家暴和色情狂之类的案件，有时候也会去刑事科处理关于很多强奸案之类的事，她是一位四十多岁很有经验的女警。

“……但是今晚这里只有岸本你一个人啊？”

“所以我才说难办啊……我不擅长和年轻女子谈话，其实我也没有恶意，但是到最后我也不知道为什么，总是变成了说教。”

我们俩正在说话时，那位来谈话的年轻女子似乎在从门口向内张望。

我倒吸了一口凉气，这，这不是饭村吗？

“……岸本，要不你看，我来替你做这项工作吧？”

他也回头看了下门口，然后再看看我。

“你是看对方的脸才决定帮我的吧。”

当然，他是以对方听不到的很小的声音和我这么说的。

“不，我知道这个女孩。我想她也应该知道我。”

我都记不清他是否回答了我，反正我一直绕着桌子走，不安地走向立在门口的饭村。

“……那个，你就是来找谈话科谈话的那个人吧？”

“是……咦？”看到竟然是我，她也惊讶得倒吸了一口气。

“一直以来，非常感谢。”她露出了与在店里完全相反的僵硬笑容，但单凭她还能清楚地记得我这一点，我就已经高兴得不得了。

“不不不，彼此彼此，互相关照。”

“这么说，你是刑警啊？”如果严格说起来的话，我不是。

“是吧，那个……就算是吧。这样，请跟我来吧。”

我带她来到和调查室兼用的接待室，这里比二层刑事科的房间大一些。我想如果关上门的话气氛可能会不是太好，于是索性就开着门，我也跟着坐下来。

“我是生安科的山岸。”

我拿出名片递给她，她也开始自我介绍。她叫饭村由美，果然她的名字中有“美”字，怪不得她长得这么美呢。

我毫不犹豫地把她的名字记在本子上。接下来又询问了她的住址，她住在关原三丁目十五号，父母是经营榻榻米的。从警署这出发经过便利店，前面有一块正在施工建公寓的工地，从那再往前一点就是她家了。

“嗯，那么，你今天想谈什么事情？”

她点头应了一声，低头说：“实际上，最近好像有一位跟踪狂一样的男人，一直纠缠着我，而且……”

“她这么漂亮，那当然了”，这就是我当时真实的想法。她如此的可爱，而且几乎每天从傍晚一直到深夜在便利店做售货员的工作，即使居心不良的男人达到两位数，我也丝毫不觉得惊讶。

“能再说得详细一些吗？”

“是……让我想想，最开始大概是两周前吧。我在便利店打完工，在回家的路上……对，现在那不是正在建栋公寓楼吗，我在那一侧的路边走，从后面一直有辆摩托车试图在靠近我，马路中间也没有人，但他却不超越我，而是一直这样在后面尾随……我觉得很奇怪，就回头看了一眼，那个男人也一直盯着我，就这样，两脚放在地上，但好像又要骑上车，追过来的样子。”

听到这里，我也一哆嗦。不过，她现在还好好在这里，说明当时应该没事。

“他特别令人讨厌，而且他的车上还有一些浮夸、奇怪的涂鸦，看起来特别恐怖。后来我改变了回家的路线，但是他还是跟过来了……这种事情大概发生了三四次，我也找店长谈过，但是店长他太忙了……”

“你不是还有朋友的吗？那个长头发的女孩。”

“啊，你说梢啊。”哦，泽田的名字原来是“梢”。

“也不能和她那样的女孩说，万一她反而被我连累了怎么办？”

“是啊，说的也是。”她点点头，继续说，“结果就在昨天，他就在店门口一侧埋伏着……突然和我说‘要不要和我交往试试’……”

我的太阳穴周围的血管好像炸开了一样，竟然说要交往，这家伙真是厚脸皮呢。

“你能描述一下他的样貌吗？”

“嗯……他有种不良少年的感觉，体形偏小，头发是很短的运动式发型，下颌稍稍有点凹陷……眼神也很凶煞，总之给人一种讨厌的感觉。”

“他是经常来店里的顾客吗？”

“啊，是的……昨天看到，才注意到。这么说他经常来呢，有时候还会和一群类似同伙似的、品行同样恶劣的人一起来。他们好像都称呼他‘马口’，这个我也记不太清了。”

“年龄呢？”

“二十岁，或者二十岁多一点吧。”

我给她提了很多建议，比如“不能让家里人接你下班吗？”等等。但是她父亲最近身体状况不佳，祖父又年迈，母亲还是一位爱操心的人，所以她尽可能地不把这些事告诉家里人。

我本来想问一下“那男朋友呢？”，但最终却还是没有问出口。

我私人的感情，真的是很妨碍工作呢。

纠缠她的是一位叫作“马口”的二十多岁的男子，而她所描述的一切又都和加贺诚十分的相似。

我心中忽然有了一种不祥的感觉。

如果她和加贺之间真的有什么关联的话，现在加贺被杀了，作为警察，肯定会认为饭村由美应该知道点什么东西。其中还有最坏的一种可能，那就是我不得不怀疑她也可能是杀死加贺的凶手。

加贺虽然身材矮小，但毕竟是原暴走族成员。所以，他对施暴等等这样的事一定非常的精通，要想对付一个高中女学生，在他那里不过是一件不费吹灰之力的事情。但是，如果是饭村想要趁对方不注意而实行复仇行动的话，一旦要是被对方发现，饭村遭受迫害的可能性也是非常大的。

因为这些毕竟是在重重假设基础之上的推理，所以是不能在搜查会议上讲的。其次，也是更主要的原因，我还在犹豫要不要在会上这样公开那些她不想触及的隐私。但是，真正让我的内心倍感纠结的是，在这件事情上，我根本帮不上她什么忙。

受理这件事之后的一个月里，我只要一得闲，就会去那个便利店看看，但也只是看看而已。最近，我很少看到她在收款台工作。就在大约两周前开始，我就再也看不到她的身影了。

在我看来，她的消失恐怕是出于以下的两点原因。一是害怕跟踪狂，因而就换了一份打工的工作。再或是她为了让自己能够好好地平静平静，而决定暂时休整一段时间。而另一个原因，也就是我最不想看到的，那就是可能真的发生了什么不好的事，她因此受到了打击，以至于再也不能出家门了。

我询问了她的手机号码，真的好想打个电话询问一下她最近怎么样。虽然这绝不是什么不礼貌的行为，但是我还是做不到。作为生活谈话科的警察，如果直接打电话给高中女学生的话，一旦以后被问到是不是另存企图，到时候恐怕我连回答“没有”的自信都没有了。

实际上，石丸、岸本都知道我和她的关系。我从很久之前就一直在关注着她，因为自认为和这个女孩多少有些缘分，所以才接手了这件事情。但是相反，假设她很排斥我电话联络而提出抗议的话，我知道警官们绝对不会承认“这是出于山岸对她的个人情感”。就算我承认我的确是对她另有企图，组织上也绝不会把这件事公之于众。没办法，这就是警察界的真实情况。

但是，内部评价就不同了。作为防范系的一员的我，因为和她有过几面之缘，就积极地参与到本属于谈话系的分内工作中，仅凭这一点，说我是滥用职权也毫不为过。石丸和岸本虽是同一科的老前辈，但是如果一旦发生了什么不好的事，我和他俩的交情还没到可以包庇我的程度。

我还是先暂时把由美这件事保密吧。这不仅是为我自己，更是为由美本人考虑。

加贺诚杀人案件的搜查，主要分成三部分：一是案发现场周围的就地搜查；二是与加贺诚有关的相关人员的调查；三是对现场的鉴定以及对加贺家中搜集到的物证进行分析的工作。

我和石丸被分到就地调查组，一共四个人，两两一小组。以案发现场的道路为分界，刑事科强行犯系的小组在南面，我和石丸所负责的区域在北面。

为什么我们在北面呢？因为南面包含了加贺的住处，所以相对来说，要比我们这边更有可能会找到有益的信息。从这点上来看，我和石丸可真是太不走运了。

但是抱怨也是没有用的。我们只好在我们所负责的范围内努力寻找着线索。

我们一家一家地按响门铃并询问情况。但是因为是白天，所以好多家都没有人，能真正说上几句话的几乎没有。即使进行了询问，大多数人也是对此毫不关心。几乎没有人知道加贺这个人，以及他在高峰汽车修理厂工作的事情。

就这样询问了两三天，丝毫没有获得关于目击证人或者和逮捕犯人相关的有价值的线索。本部搜查到的证据也无非是一些加贺和原地区暴走族“鬼罗亚头狂”成员仍保持着联络，或是在高峰汽车厂承包一些非法改装车的工作等这样的传闻。

其中要说值得注意的话，就要数加贺在修配厂的人际关系了。

在同一家修配厂里有一位叫谷口守男的二十四岁男子，他也是“鬼罗亚头狂”的成员，也就是说从加贺在役时代开始，他们就是前后辈的关系。但可惜的是，作为汽车修理厂员工，好像加贺的技术要比谷口高得多。最近“鬼罗亚头狂”的现役成员，也就是他们的后辈们，很多都来找加贺帮忙改造摩托车。

报告这则信息的是组织犯罪对策系的搜查员。

“现役的后辈们都知道他们俩不和的事实。在小酒馆，谷口曾经殴打过加贺，加贺也曾说过谷口不少的坏话，据说这样的事情时有发生。但是到底是不是谷口杀死了加贺，成员之间似乎认为还是统一口径比较好，因为这毕竟是同伙间常有的事。”

直接去修配厂调查取证的搜查员也发表了类似的意见。

“事实上，在工作时，他们也经常吵架。谷口只会做些简单的修理工作，但是像暴走族那样浮夸的改装的话，他还不具备那样的品位。相比而言，加贺不仅会画画，而且还潜心研究，他在网络上晒出了由他自己改装过的摩托车的照片，还得到了不少的好评。而这也正是谷口心生妒忌的原因所在。但是仅凭这一点就把他杀了，他们修理厂的同事都认为是不可能的。当然这也是我本人的观点。”

其余的搜查员听了，也纷纷表示同意。

“被害前的两天，在西新井站前的烤肉店里，加贺、谷口等一行人一起去吃饭。那时候，他们两人都显得很兴奋，脾性也好像是很投合的样子。同一桌的朋友以及和他们比较熟的店员也都这样说。”

但是，在搜查进行到第四天的时候，我们却得到了一个令人震惊的消息。

我们得到通知的时候已经是夜里九点多了，是结束问询搜查、返回到警署的时候。我们没有重新召开会议，而是由刑事组科长向全体搜查员们做了一个口头通知。

“……实际上，就在今天下午三点左右，本部接到了一通匿名年轻女子打来的电话。内容如下，谷口守男在三十日夜里，也就是杀害加贺的当晚，在午夜十一点之后，被人看到他在自家庭院好像在埋什么东西。”

搜查工作进行到现在，我们已经十分清楚谷口家的住址了。那是位于西新井警察署管辖内的皿沼一丁目的一户人家，他生前是和父母同住在一起的。

“快，尾关总括和中岛大队长，快去一下谷口家。”当时谷口守男一定是在工作，所以他本人并不在家，开门迎接我们调查员的是他的母亲墨子。和墨子寒暄过后，根据秘密情报的线索，我们在庭院的围墙附近开始挖土搜寻，果然发现了一个塑料袋，里面装有一把二十厘米的柳叶形菜刀。我们立刻将刀作为物证没收。

这些都是从先回来的同事们的口中听说的，因为我还是第一次听到这样的事情，所以不禁感到有些吃惊。而在场的其他人也都不约而同地发出“哇哦”这样的惊呼。

“立刻安排其他班组来警局协助调查，现在尾关总括正在二楼听取事件调查经过。”

“但是，科长……”

说话的是强行犯罪系的另一名大队长。

“谷口有凶案发生当晚的不在场证明。”

是的，据谷口自己称，他在凶案发生时，正在离他家很远的一处私宅，和一个女孩子在一起。

“啊……在调查询问阶段，他确实这样说过。但是我们并不确定这个女孩是否存在。说是名叫‘崎’的一个女孩，但是真正的全名、住址、确切的年龄他都不知道。据他交代，上个月二十六日，他在这附近一带的站前赌博机店玩的时候，这个女孩主动和他搭讪。但是这是他自己的一面之词，我们也尝试着联络这个女孩，却被告知那个号码是空号。”

“关于这一点，谷口怎么说？”刑事科科长紧锁眉头地问道。

“这一点，您指的是……”

“号码是空号这一点。”

“还不知道，但他肯定会试图辩解的。”

“关于那把刀呢？”

“总之，现在一切都还在问询中，具体情况还不知道。但是因为在器物上出现了多米诺反应，所以肯定上面沾有某人的血迹。我先把这把刀送到了搜查研究组，如果能够成功采集到上面的细胞，就可以做DNA鉴定，以此来判断是否和死者加贺的DNA一致……然后再判断是否和谷口的一致。”

尾关总括听取案件经过的会议一直持续到午夜零点左右。但是毕竟还没有收到逮捕令，所以不能就这么一直关着谷口不放。而且即便谷口那天夜里回了家，无疑也会被我们的人二十四小时全程监视的。

从二楼上来的尾关，对调查内容进行了说明。

“关于那个女孩，他一直强调有这个人的存在。但是关于凶器那把刀，他却表示毫不知情。”

科长皱着眉，问道：

“他承认和加贺不和吗？”

“是，但是他们俩很多年以来就是一直这样吵吵合合的，所以与其现在冒出了杀人的念头，还不如三年前就杀了他。他说早知今日，还不如当初就把他杀了呢。”

“那个女孩是什么样的呢？”

案发当天，他确实通过电话。但是如果出搜查令，要求电话公司出示那天的电话清单的话，也只能表明那时候他的确打过电话而已，但是却并不能证明打电话的人就是谷口所说的那个叫“崎”的女孩。并且谷口手机中也确实有和那个号码通话的记录。

“没有那个女孩的照片吗？”

“好像没有。”

“长得什么样？”

“黑色的长发，长得很漂亮，而且身材也很好。”

科长嗤鼻一笑，“要想编理由，至少也要打个草稿啊。”

“是啊，看来这小子完全没有编造理由的能力啊。”

但就在此时，我却有一种不可名状的不安感在胸口一点一点地扩张开来。

黑色的长发，美女。

旁边的石丸也用严峻的目光望向我。但是我却只用他所能明白的程度摇了摇头。虽然没有十足的把握，但此次事件好像真的和泽田梢与饭村由美有关。我真是不想再查下去了。

第二天早晨，分组被大幅度地更换了。

首先，强行犯系的六个人被分配到现场周围进行问询调查，尤其是在凶案发生前后的时间段内，要彻底调查一下在附近是否有人看到有类似于谷口的人物出现。

剩下我和石丸，被派去调查那个叫作“崎”的女孩。我们分别去了谷口所说的那家赌博机店，他家附近，以及电话公司，来寻找和这个女孩存在的相关证据。

另外，组织上还派了两个人搜查现场采集到的数枚足迹，下一步就是要证明这些脚印与谷口所穿的鞋的足迹是否一致。

盗窃犯罪系的两名刑警负责调查凶器的来历。根据DNA结果显示，凶器上的血迹被证实是加贺本人的。

我们被命名为特殊命令班，要在本部警署随时待命。要是在外工作的班组得到什么有益信息，我们就要像游击队队员一样，立刻前去调查取证。

但是在散会的时候，我们俩却被科长叫住，说：“啊，对了……你们俩，趁着现在没事，帮我把这个给我完成了。”

科长所指的是从加贺家中没收的电脑。

石丸轻轻地敲了敲这个笔记本电脑，说：“这个……要怎么做呢？”

“这里有很多我们吉村做的笔记。我只是大概地查看了一下内容，但是却没时间写调查报告书……所以，你们先把分条目写的部分复印下来，越简单越好，然后再按照实地检查报告书的形式写下来给我就行。”

搜查笔记的工作早就已经停止了，所以，这其中肯定没什么有价值的信息。但虽说如此，这也的确是实实在在的搜查结果。所以这样的记录还是有留存的必要的。这样的工作的确是非常的无聊，但谁让我们的工作就是打杂的呢？

“明白了。那……我们这就去做……你看，石丸君……”

总觉得石丸是一个能和我配合得很好的搭档。

“……不不不，还是交给你吧，麻吉。我不太懂电脑。”

“撒谎！你不是经常用电脑找色情图片看吗？”

“那就是我电脑技能的极限了。里面的资料如何移动，什么是文件夹，这些我通通都不知道……好了，就你来做吧。”

“啊？”

没办法，我把笔记本连上电源，正好有一台彩色打印机空着，我便也把它拿来和电脑连在一起。

“……首先，要打印出笔记上的文件。然后，找出网络上的浏览记录，打印指定的页数。”

“好，就这么做吧。”

实际开始做的时候，就和我预想的一样，电脑中的文件，没有一个是值得关注的，里面几乎全是图片文件，而且也都是些色情图片和摩托车的图片。

“男人嘛！”

“……是啊。”

我迅速地打印出这些资料，然后就是查看加贺最近在网上的浏览记录，最后再把这些资料带到一楼的警务科，让他们帮我连接线路找回这些浏览记录。

他的电脑内部存有过去一个月的资料，但也无非还是那些他所感兴趣的东西而已。

这里面包括叫作搜索引擎的网页，禁止未成年查看的色情网页，还有和摩托车有关的相关网站。其中有一个网页还刊登着加贺电脑内保留的图片，的确，经过加贺改装的摩托车，果然受到了很多有着相同兴趣的爱好者的好评。

但是电脑中却还存着几个和这些不属于同一类别的浏览记录。

“嗯……寻人网站？”

“是啊。”

加贺在最近三周，多次浏览过寻人网站，这其中的原因似乎也不难解释。

“他一定是在寻找他失踪的母亲吧……是的，笔记上也有这样的记录。他的妈妈叫加贺代，今年五十二岁……你看，这页，还有他妈妈的照片呢。”

“真的……变成这样也够可怜的。”

但是，我们又大概浏览了这个网页上另外的三四张照片，竟然从中发现了一张令我们两个都感到非常意外的照片。这张照片和加贺诚的母亲一样，也是作为“失踪人口”被登在这个网页上的。

“喂喂……这个，不是便利店的那个女孩吗？”

“嗯，的确是她。”

她就是饭村由美的同事，是的，是泽田梢，绝对没错。

但是上面所刊登的名字却是另外一个。

“等等，她的照片和加贺的母亲登在一页上，所以加贺也一定清楚地知道这一点吧。”

“这是一个重大发现啊。”

“快看，名字不同。年龄，这不是初中生吗？名字是伪造的，年龄也是伪造的……知道这些情况的加贺，究竟会作何感想呢？”

石丸环视了下四周，还好谁也没注意到这一点。

“……那我们就努力地调查一下吧。”

我默默地点头，因为搜查对象不是饭村由美，而是泽田梢，所以即使查出什么来，也不会伤害到由美。

但是，我们现在还不能立刻采取行动调查。经过了一白天的待命准备，在晚上例会结束后，我俩来到了那家便利店。

很幸运的是，店长正在收款台工作。

我们和他说明情况后，他有些不安，表情十分凝重，并给我们出示了泽田的履历表。

泽田梢，去年还是都立高中的三年级学生，今年应该十九岁了吧。联络方式只有一个手机号码，住址是离饭村由美家很近的关原二丁目。

“谢谢。”

我们迅速按照店长所给的地址前往泽田的住所。作为生活安全科的科员，本应该好好调查有关她身世的种种信息的，但是因为时间有限，所以只好下次再查了。

履历表上所写的住址是一个叫作一号楼的公寓，房间号码是 205，住宅的租赁人确实叫“泽田”，我们按响了门铃。

出来开门的是一位名叫泽田的二十五岁的女性。我们查看了一下她的身份证，的确是她本人没错。这么说，眼前的这位女孩才是真正的泽田梢！

这么说在便利店里关于泽田梢的信息全都是假的。但是，作为失踪人口，却能够利用真实存在的人名和住址来混淆别人的视听，看来，这个假冒泽田的女人还真的是不可小觑。

现在，唯一的证据就是那个手机号码了。石丸试着打电话和她取得联络，但马上便转成了语音提示。

“怎么会这样？到底是怎么回事呢…”

我们两人一面散着步，一面尝试着梳理一下有关这两人的情况。

我们根据匿名情报在谷口家庭院内所发现的那把柳叶形菜刀，经鉴定，的确就是杀害加贺时所使用的凶器。首先，打电话报信的是一位年轻的、不知道真实姓名的女子。

其次，凶案发生前后，谷口称他曾和一位只认识了没几天的、留着一头黑色长发的叫“崎”的女孩在一起，但是这名女子现在既搞不清楚其真实的身份，也无法取得联系。

最后，加贺在寻人网站上所看到的失踪人口中，有一位长得和在便利店工作的女孩“泽田梢”极为相像，但是她在便利店所提交的履历表上的信息却全是假的。

“最坏的一种可能，就是那个假冒‘泽田梢’的黑发女孩，先杀害了加贺，然后又将一切的罪行推给了谷口守男。”

确实，石丸说得完全在理。在案发前后，这个女人和谷口在一起，但事后却怎么也联络不到她，就没有能证明当时谷口不在场的证据了。即便谷口的家人再怎么反复强调他有不在场的证明，但这些话连外行人听了也不会相信是真的。

“接下来，她又故意打电话给警方报告凶器藏匿的地点。那明显就是她本人先把刀埋好，然后再给警局打电话的。如果这一切假设成立的话，就说明杀人凶手另有其人。”

“所以说，她一定与加贺杀害案件有关。但是她的杀人动机又是什么呢？”

“呃……可能是加贺知道她是失踪人口，于是便用这个来恐吓她，因此她便产生了杀害加贺的念头。”

“被别人知道自己是失踪人口，会产生杀人的念头吗？”石丸噘着嘴反驳道。

“……这个，不问本人的话，谁也说不准嘛。”

但是现在我们却没有时间再继续查下去了。

深夜，当我们返回警署的时候，四层的会议室被一种不寻常的气氛所笼罩。石丸拍了拍在门口附近的强行犯罪系大队长的肩膀问道。

“喂，发生什么事了？”

“哦，石丸呀……不是，不好啦，刚才发现了一具疑似是真凶的男子的尸体。”

“啊？”我俩异口同声地尖叫起来，但是因为周围人都扭过头来朝我俩看，我俩便立刻捂住了嘴巴。

“这到底是怎么回事儿？”

那个大队长，皱着眉头，压低了声音，弓着背跟石丸说：“刚才地域科来的报告称有一个叫水野裕一的年轻男子在本町五丁目的自己家中上吊自杀了。他死前还留有一封遗书……上面写着他杀害加贺的前后经过。”

我和石丸不假思索地对视了一眼。

然后大队长继续说：“尾关总括便和我们科以及鉴定科的几个人迅速赶往现场。我们从壁橱内找到了沾有血迹的衬衫和牛仔裤，并且还从玄关的鞋柜中，找到了和凶案现场足迹相吻合的运动鞋。我们这边完全没有查到这名男子……真糟糕。他竟然还死了。怎么想都觉得糟糕透了。”

在刑事案件搜查中，如果嫌疑人自杀的话就说明他想借此来逃脱嫌疑。

“尾关，又被派去调查了吧……”

不仅没有抓到犯人，嫌疑人还自杀了，这的确是警察署里各个负责人之间不可推卸的责任。但是，话说回来，我们在这又能做什么呢？实际上，我们什么也不能做。只能远远地看着那些被追究责任的领导们，或是蜷缩在会议室的角落里等待着天亮的到来。

第二天，便陆续收到很多关水野裕一的情报。

据报道，这个水野是一位二十二岁的年轻小伙，他是十年前搬到这里来的，之后就一直住在本町五丁目。他今年刚刚大学毕业，生前在某衣料制造公司上班。

遗书内容暂且不说，在向他母亲询问她儿子的近况时，他母亲一边流泪一边说他最近半个月以来就表现得很奇怪。

并且水野本人也曾在那家便利店打过工，直到今年的三月才刚刚辞职。他和饭村由美就是在打工的时候认识的，据说两人还正在交往。

谁知我在了解到了这些情况没多久，就被上面的人给叫了出去。

“……山岸，是你受理的饭村由美被跟踪狂跟踪的事情的吧？”

当时被叫出去训话的地点在二层的调查室，调查我的是尾关总括，还有暂时在后面休息的墨田总括。

“从报告书上的内容来看，这个跟踪狂的特征和加贺诚不是很像吗？一身江湖气，小个子，运动型短发，下颌凹陷，眼神凶恶的二十岁男子。并且还骑着一辆画着浮夸涂鸦的小型摩托车。你既然知道这些，为什么不在会议上说呢？”

尾关向下用力凿了一拳，桌子摇了起来，连上面的文件都给震得飘起来了。

“如果你报告了这件事，我们说不定就能推测出加贺诚对饭村由美做了什么不好的事，进而也就可以推测出嫌疑犯可能就是饭村由美或是她的恋人水野裕一，但是，这一切你就一点也没有想到过吗？”

我并不是没想到。确切地说，正是因为我意识到了这一点，我才故意隐瞒的。我真的不想做伤害由美的事。

但是现在一切都真相大白了，事到如今，我也只好默不作声，忍受着上司大声的斥责，并甘愿接受任何的处分。

“对不起，是我自己……”

“对不起能解决问题吗？水野已经死了，你知道吗？”

墨田叫了一声“尾关”，并用手拍了拍他的肩膀。

尾关抓起附近的一堆文件，哗的一声扔了一地，然后便气愤地走出了调查室。

留下的墨田什么也没说。我又说了一句“对不起”，他也没有回答我。

傍晚，饭村由美被叫到警署来协助调查。但是灰溜溜的我为了避免被她看见，只好一直窝在四层的会议室里，直到问询调查结束。

当得知了水野已经死亡的消息，饭村突然在调查室里号啕大哭起来，看来，她还不知道裕一自杀的真正原因。关于死去的加贺诚，她只说后来又被他跟踪了几回，并要求交往，其余的就没再说什么了。

搜查员们一致认为，这事绝不可能像她说的这么简单。加贺一定是把饭村由美强奸了，或是做了什么其他类似的事情。而当水野知道这件事情以后，可能怪罪自己没能保护好女朋友，因而在强烈的自责心理驱使下才最终选择上吊自杀的。因为如果他自己三月还在那打工的话，就可以和她在一起，也就不会发生那种事情了。

所以水野最终下定决心要干掉加贺，事实上，他最后也的确是这么做了。

当然，作为搜查本部仍然还有一些疑问没被解开。其中的一个就是，案发当晚，和谷口在一起的叫作“崎”的女孩，到底是谁？经过谷口确认，绝对不是饭村由美。此外，还有在谷口家的庭院里，埋藏犯罪所使用的凶器的人又是谁？最后，还有那个打匿名电话报信的人。

但是无论再怎样追查下去，现在嫌疑人水野裕一已经死亡，以上的信息即使查出来，在法律上也是没有任何效用的。

事件以嫌疑人死亡的书面文件形式送检。死者不起诉。

在水野家中发现的衬衫、牛仔裤无疑就是他本人的。而且，衣物上面附着的血迹也被证实是被害人加贺诚的。水野的运动鞋与现场遗留的足迹完全相吻合。由此可以下结论断定水野是杀害加贺的唯一凶手。

一切似乎真相大白了。但西新井警署却的的确确需要受些处罚。

掌握了饭村由美和加贺诚的案件的基本信息却没有采取有效对策的生活安全科，以及由于被匿名情报迷惑而错误逮捕了无辜的谷口守男的刑事科，最终因为案件不起诉而逃过了一劫。

事实证明，杀害加贺诚的就是水野裕一，现在只要证明这一点就足够了。负责检察官、本部搜查一科的负责管理员以及西新井警署的警员干部们都对此表示一致赞同。

剩下的就是关于此次杀人案件的报道工作了。虽然只有极少数的媒体前来采访，但在解散搜查本部时，上级就曾下达过一个绝对不能什么都说的命令，既然这样，就让媒体它们自己去领会吧。只说明杀害加贺诚的凶手是水野裕一这一点就够了。

但是我和石丸却认为事情绝对没有那么简单。

虽然我们知道现在如果接近谷口的话，万一查不好，就又会被扣上一顶当作侵犯人权的帽子，虽然尾关一再提醒我们不要多管闲事，但我们还是行动了。

“你说的叫‘崎’的女孩，是这个人吗？”

我让谷口看在寻人网站上登载的照片，谷口立刻瞪圆了眼睛，并连连点头说是。

“……这个女人，她是谁？”

我们无从回答，只能又一次来到了那家便利店。我们此行的目的无疑是要揭露那个女人的真面目。

从谷口家出来，经过高峰汽车修理厂，再一直向前走就到了便利店。便利店根本就不包括在谷口每天的行动范围之内。现在想想，这才是此次事件非常关键的一点。

很遗憾的是我们没能见到那个女孩，好像她已经辞职了。

“实际上，我希望她留下来……虽然她有些冷淡，但在接待客人方面却做得很好。由美现在也辞职有半个月了……现在我们店的顾客都变少了。”

我们实在没有时间在这听店长的抱怨。

她提供的住址是假的，现在就连工作也辞了，电话也不接。但是就在此时石丸却提出说，如果用便利店的电话打给她，说不定会有转机。我们于是就拜托店长跟她说，她的打工费计算有误，还欠她五万日元，让她顺便来店里取一趟。她是一个离家出走的人，因此我们推测她决不可能放弃领取这次五万日元的机会。

不出所料，她果然在所约定日期的晚上八点出现在了店门前。

“……你去吧。”

石丸推着我的后背，我低着头走出去。在她手刚要碰到便利店门的时候，一下子制止了她。

“你是，泽田梢小姐吧。”

她一瞬间停下来，慢慢放下手，转过来面向我。

“是的……啊，你好。”

“我是西新井警署的警察，我叫山岸。”

我给她出示了一下警察证，但是她好像毫不感兴趣，只是一个劲地注视着我，好像开玩笑一样歪着头。

“你找我有什么事吗？”

“耽误您一会儿时间可以吗？我有话问您。”

“对不起，我之前已经和店长约好了……”

“如果你是指那个的话，我先向你道个歉。说给您五万日元是一个谎话，是我们拜托店长为了叫你过来才这么说的。”

她露出了一丝苦笑。

“原来警察也撒谎啊。这可不行……那么，你找我有什么话要说呢？”

“你认识一个叫‘谷口守男’的男子吗？”

她只是歪了一下头，但是没有回答。

我接着问道：“那水野裕一，你知道这个人吗？”

“知道，他是一个曾经也在这里打工的前辈。”

“他自杀了。并留有一封遗书，上面写着他杀害加贺的自白。”

果然在那一瞬间，她显得有些惊讶，她张大了眼睛，但马上又露出笑容。有些男人可能觉得这是她的魅力所在，但是在我眼中，这却是非常可怕的，这一切似乎都能反射出她那邪恶的本质。

坏女人，不，她绝不可能这么简单。她都不能被看作是人。只能说是一种像是虫子或者螳螂、蜘蛛之类的极具攻击性的生物。

“加贺诚，你认识吗？”

本以为她也不会回答。但很令人意外的是，她张口便说道：“我很讨厌他，那种社会败类。暴走族、流氓团伙，我觉得他们要是都死了就好了。”

她往后退了几步，离开了便利店，开始向着正在建设中的公寓走去。

我也立刻跟上她的脚步，保持着彼此能够听见声音的距离。

“……这么说你是支持他杀死加贺了？”

“……啊？什么？”

“你在案发的时候，阻止了谷口的行动，充当了他的不在场的证人。

说不定，那个隐藏凶器的人就是你……”

“我没有……”

此刻，搭在她肩上的头发忽然飘了起来。

仿佛是一个小小的黑暗在摇曳。

“我只是把这件事告诉了水野……由美被加贺那家伙强奸了。”

突然，我腹部的血液都沸腾了。

“你，为什么要这么做呢？”

“因为我看到了，正好在那个电线杆那。加贺在那停了一辆黑色的车，应该是一直在那埋伏着为了等待由美的出现吧。”

因为公寓正在施工，所以旁边有一条又暗又长的路。

“我看到由美被他拉进去……但意外的是，时间却很短，大概只有五分钟吧。凌乱不堪的由美从旁边的门跑出来。里面是正在慌乱地提裤子的加贺。”

此时她停下了脚步，回头继续往前走。

黑暗渐渐向四周蔓延。

“由美看到我之后很吃惊……然后你猜她最开始说什么？‘不是的，不是的，小梢……’她肯定是不想让我把这件事告诉水野。过了一会儿加贺也出来了。果然他有些害怕。但是那种人渣，却立刻又露出一丝坏笑，然后对我说：‘你给我闭嘴。什么也不许对警察说。反正你是离家出走的人，泽田梢也是你伪造的名字。’甚至最后他还说出了我的真名。”

气愤、恐惧，以及她的出现，这些不明来历的谜团在迷惑着我们，我好像醉汉一样，感觉天翻地覆一样。

“是吧，多么过分的家伙啊！多么卑劣的行径啊！我觉得他还是死了更好，所以我把这件事告诉了水野，说：‘加贺非常过分，他强奸了你的女友由美。’”

“你……”

我向她靠近了一步，她却向后轻轻退了一退。

“因此水野是因为你的鼓动才杀害加贺的。剥夺谷口的不在场证明，教唆水野实施犯罪，全部都在你的计划之中，对吗？”

黑暗仿佛也在嘲笑我们，真是大错特错了。

“即便是这样，你们来抓我啊？”

“当然，教唆杀人罪，隐藏证据罪，你的罪行怎么也有一两个吧。”

“你看，也就是说你都不能确定了？”

她穿过马路，进到对面的儿童公园里。

她从滑梯下面穿过，踩上长椅，又马上跳了下来。然后用一只手扶着攀登架，又绕回到对面。

“但是，我没做什么坏事。加贺啊，谷口啊，这种人只有死了，才不会成为社会上的害群之马。谷口……他虽然失去了当杀人犯的机会，但如果他也能像加贺那样被人杀死的话，对我来说，简直太开心了。”

“你……”

本来想追上她，但是我怎么也抓不好那个攀登架。

“就因为你说了不该说的话，水野犯了杀人罪，最后自己还自杀了。你不认为这是很恶劣的行为吗？”

她再次嗤鼻一笑，黑暗卷成了一个小旋涡。

“我讨厌加贺这种人，更讨厌自杀的人。但是比起这些人来说，我最讨厌的是……警察，像你们这种伪善者，最讨厌。”

她开始爬上了攀登架，好像一只大蜘蛛一样。

“由美是和你谈的关于加贺跟踪她的事吧。唉，一点用都没有。结果由美不还是被强奸了吗？但是我和你们不同……我要做的时候，就一定会去做。虽然加贺与谷口，一个死掉，一个失败，但即使如此，比起你们的办事效率，我做得不是更好吗？虽然不能自大地说成是惩罚罪恶，但也算是为社会除害，至少也应该给我带一封感谢信什么的呀。如果不……”

她从攀登架的另一侧跳了下来。我想追上她，但是却中途放弃了。

“……死……啊，活着……不是你死，就是我死……”

不知何时，她一只手紧握着一把手枪。那是一把银色的大约口径的、很小的自动式手枪。

“站那别动……那，再见……也许我们会再见面吧。”

说罢，她便向后飘一样地退去。

对面也有一个出口，我到那时，枪口不是对着我，而是对着她自己的太阳穴。

黑色的背影消失在黑夜里。

“喂，怎么回事？麻吉。”

我一时也不知道怎么说才好，心中有无数个问号在交错盘旋。

为什么会这样呢？

伊东静加。

你到底是什么人？

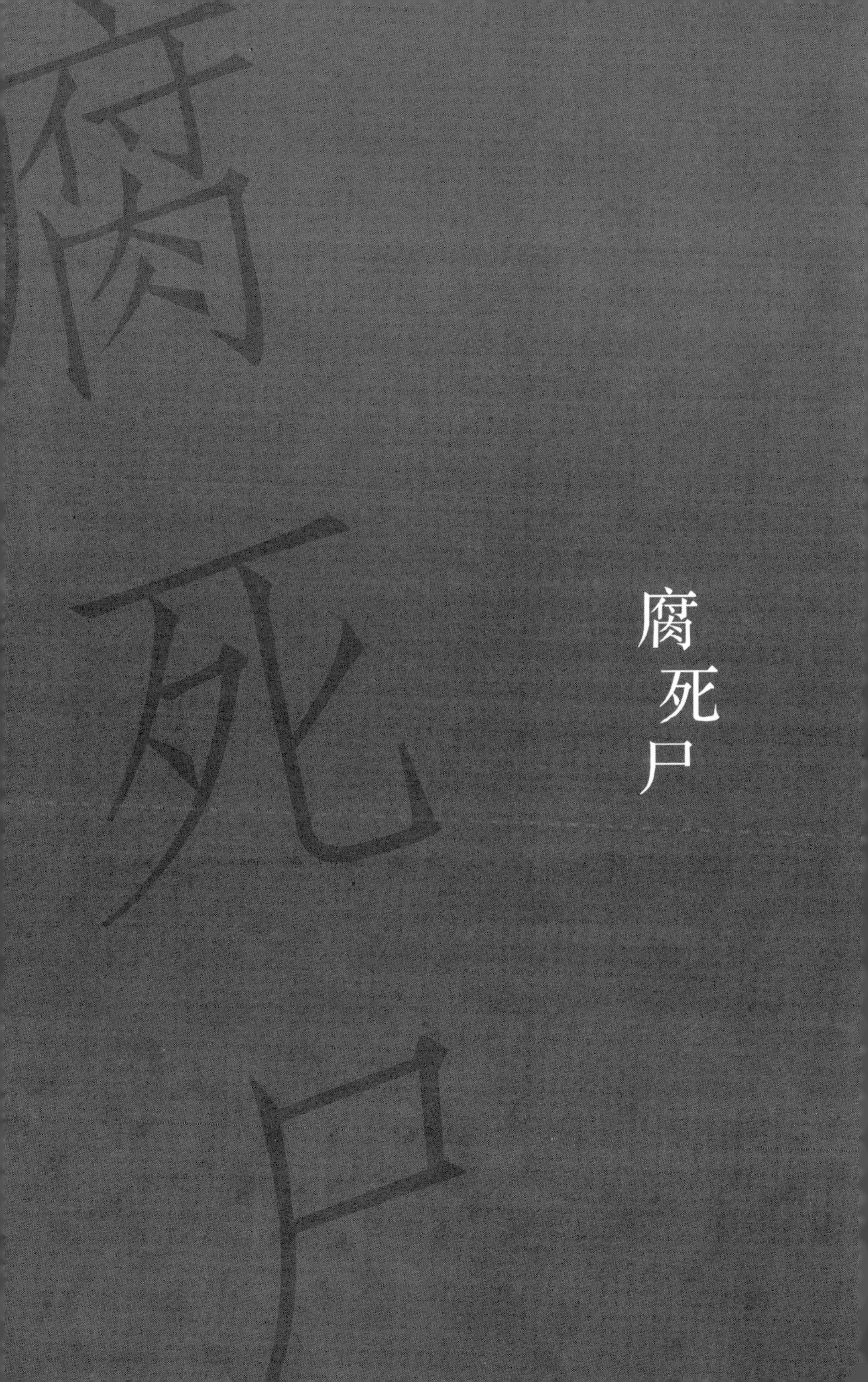

腐死尸

人的一生之中，究竟能遇到几个可以被自己称为“恩人”的人呢？在充斥了欺诈与虚伪、猜疑与私欲的东京，又有几个能值得自己全身心地去信任，即便许久不见，仍能一直保持联系的人呢？

对于我来说，伊东孝俊就是一个这样的男人。

“请帮我寻找一下我的女儿，静加。”面对着一个像他这样的人，我实在是没有理由拒绝。

“她是什么时候不见的？”

“上个月十三日夜里。”

“离家出走的理由是什么呢？”

伊东面无表情地摇了摇头，他绝不是不知道女儿离家出走的原因，在我看来，他只是不愿意说而已。

当然，我也不会一直追问下去。只不过如果刚开始信息充分的话，搜查可能会更容易些。但是如果信息过少的话，可能就有些困难了。虽说有些难吧，但也不是不能帮他这个忙。更何况，如今的我已经不再是警察了。对于一介小小的私家侦探的我来说，调查的进度完全取决于经费的多和少。我想，这一点伊东肯定也是很清楚的。

“这样啊……那么……”

我跟他打听了一下家里附近的情况，以及静加的学校，还有那些她经常去的地方。

伊东是最近才搬到小金井的警署家属区，和妻子、女儿同住的。女儿静加也在当地的公立中学上学，无论是去补习班补课，还是去买东西或者出去玩，多数是在吉祥寺或者是新宿这一代。

“为慎重起见，我再多嘴问一句，所有的地方你都找过一遍了吗？”

“我和妻子把她能去的地方都找遍了……还有一个很熟的后辈也帮我们一起找了。我们已经尽力了。但是无论是对我还是后辈来说，这只不过是我们的日常工作……而且我们现在还在同一个警署。我女儿的活动范围大多都在我所管辖的范围内……应该不会做什么太出格的坏事。”

当时，伊东还是警视厅小金井警署生活安全科的科长，因为科内有少年系，所以他可以随时对那些离家出走或是失踪的人进行搜查。他自己本身就是做这项工作的，所以肯定不愿意把自己女儿失踪的事情公之于众。

但是，我并不认为这些是他保持沉默的全部理由。我感觉他好像是在咬牙切齿般地仇恨着什么，态度很不好。“是不是他还有什么其他的事呢？”我怀疑道。但是无论是好事还是坏事，伊东在我心中依旧还是一个老实人。

我伫立在窗前，向外张望着。

正对着我们窗户的，是夹在马路中间的一幢三层小楼，那里有一家会计事务所。从我这个角度来看，那家事务所的天棚上有很多的荧光灯，窗户也被擦得透亮。相反，我们这边却很灰暗，窗户脏得就好像着急时候，有人在上面做了笔记一样。搞得我每到年末，都有一种想好好地擦一擦的冲动。

我以俯角二十度的角度观察着右手边的锦系站前的风景，天空显得很阴沉。此刻京叶道也没有堵车。

我咳了一下继续说："你有带她的照片来吗？"

伊东从怀里拿出三张女儿的生活照。

第一张好像是中学入学时候的照片，她穿着制服，照片右侧是伊东。第二张静加手持触击球，看姿势好像是正在做体操一样。她很瘦，又没有什么肌肉，所以看上去完全不像是搞体育的。第三张又是一张学生制服照，背景是炒面店的移动摊位，好像是文化节时搞的模拟店或是其他什么的。

静加肤色白皙，是个美女，但是却给人一种忧郁之感。黑色的头发又长又直，完全不是目前所流行的发型。

"现在她的身高是多少呢？"

"一米六五，四十六公斤。"

应该是比手里这张全家福照片再高一些。体形的话，暂时可以定为是未成年人。

"有能识别她的 ID 吗？"

这里所说的ID指的是能够识别出个人的有效信息。

“在左眼眼角，有一个三毫米的伤痕。但是不近距离观察的话，是看不出来的。另外，脱光衣服的时候，在她的左肩胛骨下有一条已经缝合的伤痕……从外表看，她不像是这个年龄段的孩子，反而更像是成年人。”

“我把这张照片登在网上也无妨吧？”

伊东紧锁眉头，不情愿地说道：“如果你不这样做的话，是不是就太难搜查了？”

“是的，老实说，你到现在给我的信息，完全都不能成为对搜查有用的信息。在东京想要找到这样一名女子……唉，你知道的，是个相当难的工作啊。”

他从旁边放的公文包中，取出一个细长的白色信封。

“青木，拜托你了，这里有一百万日元。如果不够的话，我还另外准备了三百万日元。所以……”

“别这样，伊东。”我用手把钱推了回去。

“这不是钱的问题。都不用一百万日元，我就可以雇到很多的人。但即使是这样，也比不上警察的搜查能力。所以，我如果接受这件事，就必须公开一部分她的个人信息。当然，我也会尽量只公布一些诸如姓名、正脸照、现在的身高和体重之类的简单信息，然后再根据情况决定要不要公开她的另外一些个人特征……但是联络方式我会用事先准备好的邮箱地址，因而不需要公开你女儿的姓名、住所，还有学校名，你认为这样可以吗？”

伊东深思了一会儿，最后同意了。

“我明白了，那就请这样做吧。”

至于钱，我只是先收下了二十万日元。因为还处在搜查的初级阶段，并且我也没有亲自出动，只不过是利用了网络上的付费网站，所以也就花不了多少钱。

大学毕业后，我曾在一家民营企业工作过，那是一家很大的食品加工公司。但是后因卫生管理方面的疏漏，导致了一起食物中毒的事件，因此业绩也跟着大幅下滑。见此情况，公司便开始积极筹备起裁员的计划，而我也于三年前正式辞去了这份工作。后来不知因为何种原因，我突然回忆起自己儿时的梦想。是的，我从小就想当警察。

我自己是柔道二段，又有英语一级证书，这些都可以作为有力的竞争武器。于是我去参加了警视厅的招聘考试。没想到竟然合格了，警校毕业后我被分配到了巢鸭警署地域科执勤。

与伊东的相遇，是我在此之后被分配到藏前警署的事情。当时他是生活安全科的代理科长，我也一直从事地域科当班执勤的工作。虽然我与他没有什么交情，但是他每次来这边的时候，都会顺路来派出所看看，他给我的印象是一个不拘小节、但人品很好的人。

那件事，是在我三十二岁生日刚过完没多久发生的。

在我执勤的管辖区范围内，一天夜里的十一点发生了一起刑事案件。当时我和同事一起，听到无线电广播说案发地点在“四丁目二番地”之后，便急忙赶到了现场。

但一到了那里，却发现附近没有任何发生过伤害事件的迹象。我和同事在周围搜索了好几分钟，却没有等到应援队伍和急救车的到来。我觉得奇怪，便立刻联络了警署，随即，便很快搞清楚了问题的原因。

原来，案发现场并不是“四丁目二番地”，而是“二丁目四番地”。

当我和同事赶到了真正的案发现场的时候，被害男子已经身亡，凶手也早就逃之夭夭。当然也有其他几个先赶到的同事，但在当时我们却还是受到了上级的严厉批评。

“但是无线电广播里确实说的是四丁目二番地啊。”无论我们如何申辩，领导们却依然不予理会。我们一边等待着上面的处分，一边继续平时的执勤工作。

两天后，我们受到了从警视厅本部来的监察官的问责。我老老实实地说了当时的情况，我们的确听到的就是“四丁目二番地”，而不是“二丁目四番地”。但无论是通信指令中心，还是本署的无线电负责人，都坚持说并没有播错信息。

但是，到这里事情却远没有结束。

无论是警署中机动警员的车，还是值班搜查员，大家所前往的都是“二丁目四番地”，这么说就只有我们俩不对了。最后，连和我一起听无线电广播的同事也说，他听到的也是“二丁目四番地”。当晚，藏前警署的无线电负责人是警务科总务系的科长，所以即使我们再怎么坚持“错的人是他”，也没有人会站在我们这一边。

随着搜查的继续，却又出现了对我们不利的事情。

那就是如果我们当时要是早一点赶到“二丁目四番地”的话，那名被害男子说不定还有生还的可能性。

最终，媒体也开始怀疑起此次案件的疑点来。他们也认为是“通信指令中心的失误而导致的被害人的死亡”，但媒体的反应反而让本案的直接关系人的态度变得更加强硬起来。所管辖警署的地域科警察还情有可原，但就连警视厅本部的通信指令中心也说不可能是他们的错。

但最后终归是要有人做出牺牲的。

这人就是我或者是我同事。但那时他才刚刚结婚，人也非常年轻。所以我决定辞职。

那时，曾有一个人告诫我说“不要贸然行事”，这个人就是伊东。他好像手里掌握着什么证据，当时他对我说：“再给我一点时间，我会帮你查明事实真相的。”

我感动得几乎要流出眼泪来，但可惜的是那时，我已经递交了辞职申请。

后来他再一次联络到我的时候，是我辞职半个月以后。我们见面的场所是品川站附近的咖啡厅。

“果然，原因是通信指令中心的一位女性职员广播的失误。但是有关证据已经被全部销毁，这是从她本人那里得到的消息……她本身也受到上头很大的压力。上面的人要求她千万别说漏嘴，因此她在警署内也只好一直保持沉默，但她最终还是和总务科科长小桥和那个叫清水的监察官说了……对不起，我本应该在去本部之前把这边的事情处理好才对。”

我只是对他道了谢。正因为有他这样的人，才没有使我对警察这个职业产生过多的憎恶。最后，他还和我说，如果需要保证人的话，他会尽力帮助我的。幸运的是，这样的事情一次也没有发生。我在民营的私人侦探事务所工作了五年，后来我便成立了一家自己的私人侦探事务所——“青木事务所”。

这样又过了三年，转眼间我从警视厅辞职已经有八年了。伊东从来没有因工作上的事情来麻烦过我，但我却一直想要报答他当时为我所做的事，我曾发誓，一定要找到这样一个机会。

伊东给我的资料经过我的加工，被公开登在了我最信赖的那个叫作“南关东调查业务协会”的失踪人口信息网站上。

一旦信息在这个网站上被公开出来，其他协会或会员就会自动检索到这些信息。虽然月付费用稍高一些，但是一旦命中的话，就可能不费吹灰之力地解决问题。侦探这个行业无论是遇到什么案件，都需要花费大量的时间和金钱，如果不依靠科技手段的话，肯定是办不好的。

我一边等待网站上所提供的信息，一边同时进行另一桩有关出轨的案件调查。相比之下，这桩案子就轻松很多了。委托我的客户是一家制药公司的营业员，而对方是来自与他有业务往来的医院的女医生，我们拍到他们两个人进出情爱旅馆的照片。至于怎么处理这些资料，那就是我顾客的自由了。把这些资料放在女医生老公的面前也好，去女方家里大声控诉也好。如果这位客户不想亲自做这些不体面的事情的话，也可以找其他专门负责这方面的事务所来做。这次是他最后一次拜托我做这样的事。

关于静加的消息我也逐渐收到了一些，但是这些消息几乎都是假的。因为网站上写有会付给提供真实信息者十万日元的奖金的提示。看来，奔着奖金来的人还真是不少呢。

提供的线索中，有和她感觉很像的夜总会女郎，但是一看身高就不够。还有摄像机店的店员，荞麦面店的店员，相亲网站的少女，甚至还有礼仪小姐。

当然，如果所提供的信息并不是我要搜查的人的话，我是不会支付给他们奖金的。如果中间真有趁机发牢骚或是找事的人的话，我至少也是具有柔道四段水平的前警察，因此是绝对不会输给这些找碴儿的人的。顺便说一下，柔道的三四级是我在警视厅工作的时候获得的。

每个月，我都会向伊东做一次汇报。他每次都会说："劳烦你费心了，实在抱歉。"然后便会要求给我增加工资，但我每次都拒绝了。我跟他说，等找到的话，我会痛快地收下钱的。

得到有用的情报是在一年零三个月之后，也就是六月十日那一天。

提供情报的人是看过失踪人口网站的警视厅西新井警署巡查长——山岸润哉。趁他不当班的时候，我约他在西新井车站附近的咖啡馆见面。

刚坐下没多久，我就告诉他我原来也是警察，听了我的话，他好像非常惊讶。

但是当我问他，现在静加是否也住在这附近的时候，他却摇了摇头。

"……那么请你看看这个。"

我给他看了之前伊东给我的那三张照片，"绝对没错，就是这个女孩。"他肯定地说。

"这么说，那个……青木，这个叫伊东静加的女孩，是你的亲戚吗？"

"不是，我只是受人之托，帮忙寻找她。"

“原来如此。”说着，他便低下了头。

“那么，你到底掌握了什么信息，快和我说一下吧。”

接着，他做出了一个很复杂的表情。

“对于我这种代理人，还有什么难以启齿的吗？”

他像思考一样紧闭着双唇。

这时，两杯冰咖啡被送到了我们的桌前。

山岸好像也没怎么喝，只是含了一口，过了好一会儿，他终于抬起了头。

“那个，其实……现在还不能从法律的角度上给出明确的结论。”

“嗯。”

“她，伊东静加，我们怀疑她和一宗杀人案有关。”

听到这话我立刻感到好像有一把特别尖利的刀直直地插入我的胸膛。

我忽然间觉得喉咙有点干渴，嘴里也是干巴巴的，于是我也举起杯，噙了一口冰咖啡在嘴里。

伊东一定是已经知道了这件事。他在拜托我的时候之所以没透露太多，恐怕也正是因为这个原因吧。

“……那到底是个怎样的案件呢？”

我听着他的讲述，感觉这个案件自始至终都有点云里雾里的意思。

据他讲述，被害人是原暴走族成员加贺诚，二十三岁，凶手是一名叫水野裕一的二十二岁上班族。水野有一位叫饭村由美的高中女友，但是，这个女友却被加贺强奸了，水野因憎恨加贺所以将他杀害。事件发生后，水野留下了一封坦白书，随即便自杀身亡了。

看上去原本一件非常单纯的事件的背后，却存在着一位很复杂的人物。那就是一位叫泽田梢的十几岁的少女，在她的谋划下，大家一致把怀疑的矛头指向了与加贺不和的谷口守男，此外，她不但不露声色地制造了他不在场的证明，还把凶器埋在了谷口家的庭院中，并且还报了警。

但是案件还是因为水野的自杀而不了了之了。但是，山岸却察觉出这本是一起经过刻意谋划的案件。并且他还觉得，那个叫作泽田梢的少女跟这件事有着千丝万缕的联系。最重要的是，泽田梢本人也对此供认不讳。

山岸说这个泽田梢其实就是伊东静加。

“……等等，等等。先不说这个泽田梢是不是伊东静加，这个少女参与此案的动机又是什么呢？”

山岸摇了摇头，说：“其实我也不能理解。但是，她不但将像加贺或者谷口这样的暴走族称为‘社会的害虫’，还认为那个畏罪自杀的水野裕一是一个软弱的男子，并且她还叫我们警察为‘伪善者’，对于社会，她好像有种莫名的憎恨……总之，我有这样的感觉。”

此刻，我感到后背又被人捅了一刀子。

对于社会来历不明的憎恨？

作为一个警察的女儿，她为什么会这样想呢？

从咖啡厅里走出来，我跟着山岸来到了附近的那家便利店。泽田梢曾在这家店工作过一年。

“没错。这就是曾经在我这工作过的泽田梢啊。”

我把那张全家福照片递给了店长确认，同时也请店长出示她的履历表。的确，履历表上面的那个人正是伊东静加没错。

接下来山岸还给我介绍了他的前辈，一位叫作石丸的巡查长。

“是的，就是这个女孩……但话说回来，这位是？”

我只回答他说我是信的人，其他就没再说什么了。

事实证明，直到最近静加还一直在西新井附近生活，所以她才和那宗杀人案扯上了关系。对于她的各种怀疑，我认为可信度应该还是很大的。

我犹豫着该如何向伊东报告此事。最后，我还是不得不掩盖了一部分事实，只告诉他，最近这一年，静加一直都在西新井这居住。伊东叹了口气，只说了声谢谢。随后他又向我提出酬金的事，但是我还是像以前一样，以“还没找到您的女儿呢”为理由拒绝了他。

在那之后，我又去了几次西新井。伊东静加她从小金井搬到了西新井，从东京的西部转移到了东部。接下来她又将何去何从呢？也许是北部的池袋周边？还是东京中心的新宿、涩谷那一带呢？

在工作不忙的时候，我就尽可能地徘徊于繁华的大街，手里拿着静加的照片，询问往来人是否见过照片中的这位女孩。

结果却是毫无收获。

西新井的这件事过去四个月之后，也就是十月的一天。

很意外地，我接到了伊东的电话。

“……今天，千叶县的警察给我来了电话……说是发现了静加的遗体。”

那一瞬间，我不禁倒吸了一口凉气，并感到了一种在熟睡中忽然被人从床上拽起来的游离感。

遗体？被谁杀的呢？难道还有人和那宗杀人案有关？如果我上次

把事情原原本本地告诉伊东的话，今天的事就不会再发生了？又或者，他没有拜托我办理这件事，而是向警方提交搜查申请的话，今天的事是不是也可以避免呢？

“现在，我要去现场确认尸体……一直以来麻烦你……真的非常感谢。等有时间，我再去当面和你道谢……那今天，就先这样吧……”

我只是对着听筒大声说了句：“好，我等你。”他便挂断了电话。

他的妻子因为这件事受到了很大的打击，现在已经到了不能出门的地步了，所以只有我和伊东两人一起去了当地警局。

到市原警察署的时候，已经是夜里七点多了。

本以为我们会被带到刑事科，但是令我感到意外的是，我们被带到了署长室。

“这次的事情，真的是很令人悲痛，听说还只是一个小姑娘。据我们观察，应该是自杀……”

署长和副署长，看上去都已经是快临近退休的长者了，但他们的级别却不能跟刑事科科长同日而语。

“不好意思，请问一下，这位是？”

“啊……他是协助我寻找静加的，我的一位后辈。但是现在他已经从警署辞职了……如果以后有什么事可以联络他，我已经把这件事全权委托给他了。”

“我叫青木。”

我掏出了名片，署长以一种莫名其妙的神色把名片接了过去。

这也是理所当然的。名片上只印有“兴信所、青木事务所、代表、青木久则”这些字样，除此之外，就只写了住所和电话号码。要是他们因此说我形迹可疑似乎也不足为过。

署长给副署长使了一个眼色，他便接着打开了文件。

“那我就介绍一下发现尸体的经过吧……”

据他说，发现遗体的时间是今天早上九点左右，地点是市原市片又木的山林里。

目击者是当地的农业协助员。今天早上他肚子有点不舒服，忍不住想要去厕所，于是就把车停在了路边，随后便向山林深处走了过去。走着走着他忽然看到了一个类似于鞋一样的物体。上完厕所之后，他走近一看，才发现原来地上躺着的是一具穿着校服的腐烂尸体。

遗体应该已经死了三个月到半年的时间，因为已经高度腐烂，所以还无法断定死因。从校服的衣领处的大量血迹来看，应该可以断定是割断颈部动脉而导致的身亡，并且很可能是自杀。

在尸体的上衣兜里我们发现了一张学生证，上面标注的姓名是“伊东静加”。警方按照上面的电话和她家取得了联系，证实了她确实已失踪的事实。市原警署从尸体的身高和体重来判断，这应该就是伊东静加本人。

“尸体被发现时，穿着白衬衫……丝带、上衣夹克……裙子。”

在塑料袋中装的衣服都被尘埃污染得有些褪色了，只有在白衬衫的衣领处，发现了一点可以被认定是血迹的茶色污痕。此外，里面还装着一个大信封，信封里面有她的内衣之类的东西。

“确定是你女儿的东西吧？”

伊东无力地点了点头，没有回答，只是叹了一口气。等待了数秒之后，他好像没有什么问题要问了。

没有办法，我开口说：“……可以给我们看一下发现遗体时现场的照片吗？”

副署长立刻看了一下旁边的署长。署长点了点头表示同意，他便也应声说了句“好的”。

随即便从资料中拿出了一张照片给我们看。

黑暗的森林，树枝和树叶散落在黑色的土地上。昨晚东京下了雨，估计这边大概也下得不小吧，所以制服看起来比眼前的还要脏一些。因为上衣是灰色的，所以在现场看的话，应该是非常不容易被发现的。身体不是呈“大”字形，而只是四肢自然地张开的状态。

“……在现场有发现刀一类的物品吗？”

“没有。到目前为止没有发现那种东西……”

“那就奇怪了，这样也有他杀的可能性吧？”

“正因为没有发现这些东西，所以不能断定为是他杀吧。”

“手帕和钱包呢？”

“除了你们现在所见的这些遗物以外，还有一双鞋。”

“有被强奸过的遗迹吗？”

我看了一眼伊东，但让我感到有些惊讶的是，他竟然毫无反应。

“……因为我们还不明确死亡原因，所以这些还不知道呢。”

“那么，你们是如何得出自杀的这个结论的呢？”

“……啊？”

署长竖起了有些发白的眉毛。

“检验尸体的人是谁？”

“是本警署的委托医生。”

“那解剖检查呢？”

“……请允许我说一句啊，我们这里和你们东京不同，这里没有监察医院，也没有监察医制度。所以，我们从森林中发现的腐烂尸体，从来就没有一一解剖的。”

从他说出东京这句话的时候，我明白了他的基本立场。

一个已经快到退休年纪的农村警察署署长，当他面对来自警视厅的警部的时候，肯定在内心中会有一些抵触的心理吧。并且，他还属于的是本部的生活安全部。

如果在此次案件中，真的发现了什么可疑的情况的话，就必须要进行搜查才对。即使不是杀人案件，县级警察本部也是要参与到搜查当中的。其结果只可能是解决，或者是不能解决这两种。可疑点非常多，但是却丝毫没有证据来证明死者是他杀。所以他们现在就只能按照自杀案件来处理。

“那我能拜读一下尸体检验报告书吗？”我说。

“那个嘛……我们这边也还没有收到呢。”

原本以为是他们只是在撒谎，不过现在我算真是见识到他们了。

“刚才，你们推断说尸体已经过三个月或半年的时间了，但是从照片来看，并没有出现白骨化的情况。如果是半年的话，在这样的一种环境下，不是应该完全白骨化了吗？”

如果西新井警署山岸所说的是真的话，就应该没有那么长时间。从加贺诚死亡时间到现在，应该只有四个月左右的时间吧。

“这个……我想，这要具体问题具体分析啊。还要考虑到气候什么的等等诸多复杂的因素的影响。”

“是的。正因如此才应该考虑，尸体是不是最近才被搬到这里来的可能性比较大吗？”

“你，你有什么证据这么说？”

“请你们好好调查一下，到底有没有他杀的可能性。”

“但是也没有证据说是他杀啊？”

“正好相反。我要求你们提供判定她不是他杀的证据。”

如果不是我，要是伊东多少说两句的话，也许情况会不同。但是此时的他却像走了魂似的，完全不在状态。

所以，我们那天只是确认了一下尸体，签了认领尸体的手续以后，就返回东京了。

但我是绝对不会放弃的。

以后的几天里，为了证明不是他杀，我认真地检查了那份验尸报告。不仅如此，我还每天都会给市原警署打电话，要求他们提供检验时的照片。

当照片到我手里的时候，已经过了半个月左右的时间了。

这里一共有四十八张照片。大致包含了身体的所有部分。我于是就拜托我的一位大学法医学部做医生的朋友，请他再重新做一次检查。

结果，他在备注里说如果单从验尸报告和照片上来断定是否是他杀还是很困难的。我请求他即使花些时间也绝对不要放过任何一个细节。当然，我自己也对其中的两张照片进行了认真的对比。终于，我在已经腐烂了的尸体的眼角周围，发现了粘有蛆虫的颗粒。

但人毕竟不能只是固执地依赖于恩德或是正义感活着。在调查静加案件的同时，我还必须要做一些其他可以维持生计的工作。

那天，我又接手了一件有关出轨的调查案。从听筒里传出的声音来看，是有些沙哑的女声。

下午一点零七分（我们约定的时间是下午一点），我的客户出现了。这是一位身材苗条、气质高雅的女性。

她当时穿着白色的套装，并戴着黑色的太阳镜。当我看到她的第一眼的时候，甚至怀疑她就是已经死去的静加！我看来真是傻掉了，静加不是已经死了吗？而且眼前的这位女性的年龄看起来明显是在二十五岁以上。即使静加再像大人，看起来也不会那么老的。并且眼前的这个女人的身高看上去应该有一米七左右，这也跟静佳不符。更重要的是，这位美女有一张近乎于完美的面容，鼻梁特别高，就是所谓的那种“魔女的鼻子”那种。

“……我叫南原悦子。”

电话里听过这个名字。她摘下眼镜，很意外地，我觉得她很可爱，越来越不像静加了。

“我叫青木。您请坐吧……今天，开始做有关您家先生的品行调查，您看这样可以吗？”

悦子点点头，从带有一个很大的香奈儿商标的包中取出一个信封。里面一共有五张照片。她把它们在桌上排列好。

“……这位就是您先生吧。”

第一张照片是在冲绳周边的海域照的。沙滩上，两人依偎在一起。奇怪，做出轨调查时，很少会有夫妻带着穿着泳装的照片来的，更何况身穿的还是比基尼！当然，我看她本人丝毫不介意，我也就放下了心。

她的丈夫，也是和她很相称的类型。

肩膀宽大，肌肉结实，身材高大。和悦子对比起来说，怎么也得有一米八，皮肤也晒得黝黑。只有胳膊、脸、后颈这些没有露在外面的部位看起来还比较白。从其他照片来看，脸也长得很端正。

“他叫南原义男。”

“字怎么写？”

“义理的义，男是男人的男。”

南原义男。

“职业呢？”

“他经营一家房地产公司，S公司。地点在涩谷区代代木二丁目。而我们家住在西麻布四丁目……”

“你有对方女人的证据吗？”

“没有……但是，香水的味道，头发都粘在了他的衬衫上。也许是这个女人，想要以此向我宣告她的存在吧。”

是啊，经常有这种事。

“头发有多长？”

“比我长……”

悦子是齐肩的中长发。

“颜色呢？”

“茶色的……很明快的感觉。”

“你知道香水的牌子吗？”

悦子考虑了一下：“也许是××这种牌子的吧。”

我对香水并不了解，所以这只是例行公事地问问而已。总之，先把现在的能够了解的资料都记下来再说。

“你感到你老公外面有女人多久了？”

“嗯……这次比较长呢。”

“那这次持续有多久了？”

“差不多有一年了吧。”

除此之外，我还询问了她一些关于她老公的行动类型等一些有参考价值的信息，但都没什么用。

“……像这样的案件，一般是要等到你老公工作结束后，进行尾随跟踪，然后到现场逮个正着。这样您觉得怎么样？如果您还有什么特殊要求的话，我们可以二十四小时进行埋伏，当然，调查时间和费用也是成正比的。”

悦子又考虑了一下。

我没有催促她，稍稍伸了一个懒腰。

“……啊……工作结束后跟踪那个……是怎么收费的啊？”

“一天四万日元，应该是够了。如果三天内没有得到有力证据，就会结束。如果要延长，就继续，不定期限，直到搜索到证据为止。我要先收一部分的订金，如果这样的话……钱数还会变的。”

悦子最终选择了最便宜的，即尾随跟踪一个星期。她预付了一周订金的一半。调查不满四天的话，会把相应的金额返还。如果需要特别的花销，会中途要求支付。

“那就拜托了……”

调查就定在第二天的傍晚。

第二天上午，我完成了一份有关一位三十多岁的男性的品行调查报告。委托人是一位父亲，他的女儿已和这位男士订了婚。我觉得这个结果应该能让对方满意。这名男子在和他女儿交往的同时还在跟所在单位的另一名女人有来往，大概是这位父亲早就对这小子产生了怀疑才来找我的。

下午为了做一份企业调查报告，我去了趟银座。这边的调查结果应该没有问题，所以我收了钱，工作顺利结束。

回到事务所的时候，已经是下午三点半了。我稍稍吃了点东西，正要出门去调查南原义男的时候，电话响了。

“您好，这里是青木事务所。”

“您好，我是东朋大学的梅原。”

他就是那位我拜托他鉴定验尸报告和照片的法医学教授。

“啊，您好，有什么消息吗？”

“是的。首先，这个验尸报告，没有记载尸体的身高和体重。通常，在鉴定尸体的时候，都应该记录这些信息的。但是这名验尸官却没有做相关的记录。”

“为什么呢？他为什么要这样做？”

“嗯。从照片的比例来判断，据我估计，她的身高应该不足一米六，这和你提供的数据不吻合。”

我记得静加的身高是一米六五以上。

“也就是说死者不是伊东静加了吗？”

不管怎样，我决定先把这点记在本子上。

“不不，还不能说得那么肯定。因为我只是把照片中身体各个部分的长度相加而已。我觉得为了慎重起见，最好还是进行一下个人识别。

另外，伊东静加的牙齿情况怎么样呢？”

“牙齿？”

“是的。在最里面的牙齿中，可以看到很大一部分治疗过的痕迹。另外……啊，遗体已经火化了吧……如果可能的话，可以提取衬衫上附着的血迹和你提供的DNA进行一下对照。无论是哪个，都不是很费事。”

我一面认真地听，一面快速地在本子上记下，“要做DNA鉴定，里面的牙齿中有治疗痕迹”。并在每一个上面都画上圈。

我看着手里的本子，头脑里却在一直浮现着这样的一幅画面：在湿润的土地上，躺着一具已经腐烂了的少女的尸身……

“都风化成那样了，还可以做细胞的DNA鉴定吗？”

“这个不能一概而论。仔细做的话，应该可以提取到可利用的样本。另外，要是有她父母双亲的唾液就更好了。现在人都死了，我们的做法应该不会遭到什么报应的吧？”

“您的意思我明白了，我会尽力去做的。”说着，我便挂断了电话。

随即，我又把电话打给了伊东。

“你好，我是青木。”

“……啊，前些日子，真是麻烦你了。劳烦你那么大老远地跑来……”

“没事，没什么。我也没能去参加葬礼，实在不好意思。”

“没事，别介意。我一直都受您照顾，现在我还没支付你费用呢。花费了多少，要清清楚楚地告诉我。”

“好的，那个，下次再说吧……啊，您夫人情况怎样了？”

“嗯，还是不太好。没让她看到遗体，就火化了。目前骨灰还留在家里，所以我最近每天都尽量早回家陪她。”

听了这话，我故意沉默了几秒钟，我感觉，在我们俩的谈话中，似乎流淌着一股湿润的气息。

“……那个……我今天来电话是想问问关于静加的情况。”

伊东说了句“嗯”，语气中流露出一种惊讶的语气。

“静加有虫牙吗？”

“虫牙……没有，怎么了？”

“就是最里面的牙齿。”

“我去问问我夫人，关于这一点，我也不太清楚。”

说完他便挂断了电话，说是三分钟之后再打过来。

结果不到两分钟，就得到了答案。

“静加没有虫牙。”

一瞬间，好像是被一个疯狂转动的齿轮带动起来一样，我的脑海中浮现出很多个疑问。

因为马上还有南原的调查，所以我说了句“以后再联络”后，便挂断了电话。

但是，这到底是怎么回事呢？

在小金井生活的时候，静加并没有虫牙，但是在市原发现的尸体上却发现了治疗虫牙的痕迹。当然，也有一种可能是她在离家出走以后才得了虫牙的。会不会是这样？那就是一直到中学都没有得过虫牙的静加，在离家出走以后，没有好好地刷牙，因此才出现了一颗虫牙吗？

但是，在经历了一系列的思考过后，我只能得出一个结论，那就是，那具遗体并不是伊东静加的。如果真的是我想的话，那么梅原所说的身高不足的问题，就具有很重要的意义了。

虽然，这件事占据着我的整个大脑，但让人感到庆幸的是，我却并没有迷路。我是下午六点零二分到达涩谷区代代木二丁目的S公司的门前的，因为悦子说他通常都是六点半从公司出来。

南原的公司是一个七层漂亮的写字楼。也许可能是自己公司的大楼吧，在最高层的外墙上只有一个他公司的名字。

我走进了那幢大楼对面的便利店，从那里向他们公司的大门处张望。

我一边挨个检查着从出口走出来的穿着西装的男子，一边却还在想着刚才的那件事，这样不知不觉过去了三十分钟。

大概又过了五分钟左右，果然看见一个肩膀宽大的男子被一群人包围着从门口走出来。没错，他就是南原义男。但是，总感觉他周围那些男子的装扮不是很好。说实话，看上去有点像流氓。黑色衬衫，没系领带，还戴着太阳镜。其中有穿浮华花纹上衣的，也有穿运动装的。南原自己倒没那么穿，他被这些男人包围在里面，虽然好像很威严的样子，但看着也怪让人感到害怕的。

在他面前，停着一辆黑色的奔驰车。

我迅速地穿过街道，打了一辆出租车，但是已经来不及了。因为在空车出发前，奔驰已经出发了。倒霉的是，信号灯此刻也凑热闹似的变成了绿色，一眨眼的工夫，奔驰马上就消失得无影无踪了。但是，才是第一天嘛，不用着急，明天我自己开车来就行了。

虽然我觉得，这个岁数的男人是绝对不会一下班就立刻回家的，但是为了以防万一，我还是乘坐着电车来到了位于西麻布的他的家门口。

这里看上去也是相当的豪华气派。

住宅的周围都用高高的围墙围了起来，从外面几乎看不到里面的样子。在入口处，可以看见像车库门口的白色百叶窗那样的门，而在玄关处还设有管状的百叶窗，再剩下的才是后门。整个房子从外面看起来，几乎像是一所要塞。

但也不是说人站在外边，就什么都了解不到。如果稍稍离得远一些的话，还是可以看到房屋主楼三层的窗户的。

我在街上来回走着，希望能找一个适合于观察的地方。结果我发现儿童公园的攀登架上的视角还是不错的。

我使用的是观察天体时专用的高性能双眼望远镜观察，我看见在蕾丝窗帘的对面，有一个七八岁的小女孩，好像在弹钢琴，或是拉小提琴。

过了四五分钟，窗户旁边的门开了，好像是她的妈妈进来了。

但是，奇怪的是，那个女人怎么看也不像是南原悦子。她个子不太高，头发也是短的波波头，上身着一件绿色的针织衫，怎么看也不像是保姆。

这到底是怎么回事？

第二天，我之前所调查的那个有关劈腿男的报告已被送达到了委托人的手中，那位担心自己的女儿受骗的父亲特地赶来询问我的意见，我建议他女儿最好还是能够取消之前的婚约。

下午，我为了做一个关于企业的调查报告又去了趟银座。办好事情以后，我返回到事务所，开始通过帝国资料库和南关东调查协会的网站搜集资料，并考虑下一步的对策。

这边的工作告一段落之后，我便给市原警察局打了个电话。最近由于署长和副署长都不在，所以以往接电话的都是生活安全科科长，但是今天碰巧那名科长也不在，于是我说了句“明天再打”之后，便挂断了电话。

我无意中瞥了一眼电脑的显示器，忽然想起了有关S公司的事情，于是我就想顺便也查一查这家公司的情况。

被调查人南原义男是这家公司的代理董事。根据帝国资料库显示，他也是其他一些组织的董事会和出资者之一。从这些资料上来看，似乎没有什么可疑之处。但是，如果把相同的公司名再放到南关东调查协会的网站搜索一下的话，又会怎样呢？

果然，上面显示它所分类的区域是“J”区，这就证明这是一家跟暴力组织有关系的企业。而所谓的房地产公司也只是一个掩人耳目的幌子而已。怪不得南原会把自己家包围得像是一个要塞一样。

看一看表，此时的时间正好是下午三点。为了防止堵车，我决定今天早点去代代木对面做好跟梢的准备，为此我还特地开上了自己的车。

但与我的预料正好相反的是，这一路上都很空，所以，刚一过了四点我便到了代代木。

接下来的时间里，我就一直坐在车里等待着。因为已经关掉了引擎，所以车里的空调也不能用了，这要是换成夏天或冬天，真的有种想死的感觉，但现在正好是十月下旬，是一年中最美好的季节。可能是因为太舒服了，我反而觉得很困，这可不得了啊。

这天，南原从公司出来比平时晚了一些，我看了下表，是七点钟。

他坐上了昨天的那辆奔驰，车子一路向甲州街道驶去。开始的时候我和那辆车的中间只隔了一辆车，但一不注意，又有一辆车挤了进来。但是我并没有慌乱。我相信，一定会有再接近的机会的。

穿过了新宿御苑的隧道，就到了四谷。在四谷三丁目右拐弯的车道上，我们之间正好隔了一辆车。

看他右转，我便也跟着右转，我尽量和中间的一辆车保持着一定的距离，我们开着车从外苑的东街口南下。

信浓街，在青山一丁目再往前的一点点。从方向上看，我本以为他会直接回家的，但是瞬间，奔驰车开始向红色坡面左转，接着又迅速开始往右转了过去。但很幸运的是，我们之间一直都隔着一辆车的距离。

突然，我感到周围被照得晃眼，只见奔驰直接穿过了六本木的十字路口，但刚开过五丁目，它便靠左侧停了车。因为不能作出奇怪的举动，所以我一过路口，就在下一个拐角的左拐弯处停下了车。

从奔驰上下来的南原被一群男子包围着走进到了沿街的大楼。我把车停在了路边，走近看了一下，那是一家叫作“西来奴”的、像是夜总会一类的场所。

在这个店里肯定有很多的小姐，但虽这么说，就这么跟着进去的话，还是未免有点太危险了。但是想想，刚才奔驰的行车路线真的是太巧妙了。作为拥有着显赫地位的南原，真的很难想象他会走着回家。

司机也许也在一边抽烟休息吧。两三分钟后，奔驰又一次开动了，我连忙把车开到一处角落中躲了起来。

我和那辆奔驰从同一个拐角转弯，突然出现在眼前的通道却给我一种非常恐怖的感觉，我一直看着它进到了前方一百米处的一个小型停车场里。我驾驶着车，慢慢地尾随在奔驰的后面。每到接近三十米处，我便有意停下，等待着中间有其他车的进入，这样大概过了一两个小时。

过了一会儿，我从放在副驾驶位子上的包中取出笔记本，那是一种俗称为“超级移动”的笔记本电脑，在所有的同类产品中，它的体形最小也最轻，只要放入通信卡，就能连接到网络。正因为有了这个，出门在外也能随时查找各种信息。

我试着查了一下刚才那家叫作“西来奴”的俱乐部。

我觉得这应该不是店名，而是一家正式的公司，所以便在网站了查了一下。

一输入名称，我便惊呆了。

只见在这家俱乐部的首页上有一个“小姐介绍”的专栏，奇怪，上面的那个人不正是南原悦子吗？

但是，所显示的名字却是“明日香”。这到底是怎么一回事呢？

这个自称是南原义男的妻子的委托人，难道也是一个夜总会小姐吗？怪不得昨天晚上我在西麻布的自家住宅三楼上所看到的那个和孩子在一起的女人跟她长得不一样。更何况那个女人一看就不是保姆。

最合理的解释就是，这个夜总会小姐明日香，拜托我调查的并不是她的丈夫南原义男。但是，她为什么要把自己伪装是他的妻子呢？难道说，这个“明日香”是南原的第二夫人，因为担心她的地位，害怕有第三夫人插足吗？

真是想不通啊。但转念一想，我又不是警察，无论这个“明日香”是南原的妻子也好，情人也好，只要给我钱，我就替她工作。但是，为什么要这么拐弯抹角呢？

因为我还想再查查关于“西来奴”俱乐部的消息，于是便再次拿起了电脑，却没有得到什么有用的信息。我又试着给几个认识的人打了电话，但是他们当中没有一个人知道这家俱乐部和南原义男的。

正在这时，奔驰从停车场里开了出来，在拐了一个弯之后便又开始继续前进。

接着，只见它又转了一个弯，这才又回到了刚才的“西来奴”俱乐部。只见南原和两个跟班上了车，车便向麻布台方向驶去。

车子在饭仓片街的十字路口右转之后，便一直沿着首都高速往下开。我总感觉这条路不像回他家的路线。我猜，这也许是要去第三夫人的住处吧。

过了麻布十番，在三个桥的信号灯方向右转，然后便又进入南麻布二丁目。这周围都是一些高级公寓。考虑到南原是不动产公司的社长，所以把这样的一所公寓送给自己的女人，也是一件很自然的事。

和预想的一样，奔驰果然开进了公寓的停车场内。只见眼前一条笔直的大道向前方延伸开来，我于是便在那里停下，然后又步行折返回来。

道路两边种着银杏树，路上有之前掉落的树叶，为了不使脚打滑，我非常小心地，一边忍着臭味一边向入口走去。

在南麻布，有一幢很小的四层高级公寓，从外边的白色墙壁来看，整个建筑物就好像是医院一样。但是仔细一看，就会发现阳台的栅栏设计很巧妙，好像是要特意制造出一块休闲地带似的。

我站在楼对面的大街上，看见从车里走下来四个人。真奇怪，难道南原他还要大张旗鼓地带着三个手下一起来情人家里寻欢作乐吗？

我想去建筑物的对面看看，于是便沿着原路返回。因为那有一个外走廊，所以我可以清楚地看见他们所上的楼层。

不一会儿，那四人同时出现在了三楼，接着便走向了位于最里面的那个房间的门前，走在最前面的一个男人拿出钥匙，打开了门锁。从门里面没有一丝光线射出，房间里面应该是很昏暗的。接着便看见那四个人一同走了进去。

越来越觉得这里好像不是情人的家。应该是指挥部之类的场所吧。

怎么办呢？现在返回吗？但是我已经对他们产生了浓厚的兴趣，于是决定在这再观察一下。

我于是又重新返回到门口，决定先绕着建筑物走几圈看看。我看见南原所进入的房间的一角装着一个监视器，所以还不能冒昧地进行近距离的观察。但是，如果从安全梯或者其他位置观测的话，还是可以看见一些屋子里面的情况的。

因为街道和公寓灯火通明，所以这片区域特别的明亮。对于晚上走夜路的人来说这一带应该是非常好的，但对于我所从事的工作来说，却随时有被对方发现的可能性。

“嗖——”不知从哪来了一阵风，与此同时，我的头被什么东西狠狠地敲了一下。

顿时，眼前一片昏暗。

在我的脚下，一个花盆碎得稀里哗啦，但是对于我来说，却没有听到任何的声音。

突然，我感到地面离我的眼前越来越近……

不知过了多久，我慢慢地睁开了眼睛，视线里是一片闪着亮光的蓝色。

“难道是游泳池？”我有点感到纳闷。

不是，这不是游泳池。

疼，好疼啊。疼得我快要流出眼泪。

不知为什么，我感到眼前的一切都那么的亮，亮得有些炫目。

又过了一会儿，我渐渐发觉，这里不是游泳池，而是蓝色的钢板。此刻，我正平躺在一块青色的树脂薄膜上。

“这是怎么回事？”我发现自己的两手被绳子捆绑在了腰间。啊，还有脚腕，脚腕竟也被绑住了。

好疼。头像被割开一样的疼。

发出亮光的是荧光灯。

“……义男，他好像醒了。”

是一个年轻男子的声音。

义男？难道就是南原义男吗？等等，为什么会变成这样呢？

一双黑色的拖鞋踏在蓝色钢板上慢慢地朝我靠近。我感觉还有其他的人在，但是以现在这个身体姿势是什么也看不到的。

“您醒了，大侦探……”

突然，一只拖鞋狠狠地踩在了我的胸口。我不禁大声惨叫起来。不，与其说惨叫，更不如说是所有的内脏好像被踹得从口中飞出来一样。

“那个，你叫什么来着？青木久则，对吧？出生年月日是……比我还小一岁。”

“嗯……”

哇！这次被踢的是嘴。泪水已经模糊了我的视线，脸的中心部位已经全部麻木了。

“你，这样做可是太不地道了。擅自闯入别人的私人领地，我是可以告你私闯民宅的。”

他用脚狠狠地踩住我的脸，只听见我口中的肉发出了一阵阵被挤压的声音。

南原此刻就蹲在我的眼前。因为脱掉了上衣，所以他现在只穿了一件蓝色条纹的衬衫和一条黑色的裤子。虽然感觉他有点娘娘腔，但是从他的眼睛里我却看不到一丝的笑容。

“……啊，你来做什么？告诉我。”

他用一个银色的长条状物体在我眼前迅速地画了一个圈。那是一把蝴蝶刀。

尖锐的刀锋从我的鼻孔进入，然后便一直向前拉。不一会儿，我的鼻子就破了。

鲜血从我的右侧脸颊滑落下来，滚烫滚烫的。

“嗯……”

我既然已经成了这个样子，说什么也就无妨了。但是讽刺的是，这种尖锐的疼痛，却并没有剥夺我的思考能力。

“……嗯，我是来做出轨调查的。”

“啊？”

“只是单纯地来做出轨调查。”

“调查谁？”

“……南原……你。”

他笑得身子往后直仰，摔了个屁蹲儿说道：“你个傻子。”

他高高地举起刀，又迅速将刀直直地插入我的左肩又拔出来，刀刃在我的肩膀上形成了一个大洞。

我惨叫着，血沫噗的一声从嘴里喷了出来。

“别把我弄脏了，别往这边吐……说，关于我的出轨调查，谁拜托你做的？”

“……俱乐部……‘西来奴’的明日香小姐。”

“什么？为什么是明日香？”

南原向周围望了望，这时不知道谁说了一句：“谁知道呢？”

“……亚希，你和明日香那么好，你一定知道些什么吧？”

“没有吧。”只听见一个女人的声音，从我的后面飘过来。

“难道……明日香喜欢我？”

“不知道。不过说起明日香，她可是奥山组长的宠儿。她要是喜欢你，会很麻烦啊。”

奥山，应该指的是大和会奥山组的奥山。

南原坐直了身体。

“……你啊，太不会撒谎了，竟然说出明日香这个名字，你还是好好学习学习吧。但是你竟然若无其事地跟到这里，肯定不是在做出轨调查这么简单吧？”

他用刀再次戳我的伤口，好像要用刀来回剜我的肉一样。

“啊……”

“快点说。谁让你来的？”

不是疼得不能说，但是，如果不说，很可能就会被他干掉。

“……真的是，明日香……拜托我来的。”

“明日香才不会拜托你做这种事。”南原继续剜着我的伤口。

“……啊。但会不会是老头子利用明日香来跟踪我呢？”

他低下头，仔细看着我的脸。

“那个。奥山的老头子，你查的是白的还是黑的？查的是哪边？”

我竭尽全力地歪了歪头，南原此时放下了刀，用一只手一把抓住了我的头发。

“……说，是黑还是白？你一定知道的吧。”

说着，他便挥起拳头使劲打我的嘴。

两下，三下，四下……

嘴已经完全被他打坏了，只见一股红色的飞沫向前喷涌而出。

“义男，你等等。他可能不是受组长的指示来的。”

又是刚才的那个女人。

“啊？怎么回事？”

“你看，这个。”

南原站起来，在我的正上方好像有两人在说着什么。

“为什么会这样？”

“这家伙是事务所的，携带票据。”

那是什么？我的事务所，从来没做过什么携带票据啊？

“喂……青木。”

南原又在别的地方蹲下来，因为刚才他蹲过的地方已经被我喷出的血给弄脏了。

“你……原来是警察，是真的吗？”

我的嘴已经不会动了。事到如今，头也……

他把手机显示器放在我的眼前。

“我问你呢，是不是真的？”

在手机屏幕上的确有“青木事务所，原警察官青木久则，能够让你获得最值得信赖的信息”。但是，这个绝对不是我做的。

为什么，会这样？

“……总之，你不是受奥山组织老头子的命令，是受到现役警察朋友的命令，或者其他什么的吧？”

“义男，怎么办？好像很麻烦的样子。”

是另外一个男人的声音。

“啊……要不就那样吧。”

“还在老地方，把他埋了吧。在那的话，肯定没问题。”

“埋了？喂喂喂……”

“但是……如果他是老头子派来的，把他埋了，能行吗？”

“那要留活口吗？要是早知道这样，不就让他回去了吗？”

“嗯……那也不行。那……不行。”

“等等，难道真的要把我……”

“义男，我也来帮忙，还是埋了吧。如果五个人的话，也不会费什么事的。”

原来在屋子里有四个男人和一个女人。

这个女人，我好像在哪见过。好像是靠近建筑物的时候，从上面，那个花盆……

“……真是没办法啊。好麻烦，不太好埋吧。”

“是，是。就把它当作一次开车兜风不就好了吗？”

“啊，要是这样的话，大一点的车是不是更好？已经有五个人，还有一个大行李。”

“别开玩笑了，你们。等等，等一下，你们给我听着。”

“……那样。小武，你准备工具。然后，小龙，你去给车加油。”

“好的。大哥。”男人们走出房间。

“义男，比起刚才那些，到底怎么处理他啊？我觉得还是把他先弄死更好吧。”

“啊，好的。按你喜欢的方式来吧。但是，别把屋子弄脏了。”

“好的，我明白了。”

男人们都出去了，关上了门。

后面的地板有响动声，此刻眼前出现了一只很细的脚腕。

视线上方可以看到白色的内衣和一条超短裙。

此时，空气被一股气息搅动得微微荡漾起来，她蹲了下来。肩膀挡住了她的长发，头稍稍倾斜地望向我。

“……好。你竟然知道她叫明日香。说实话，我真的惊呆了。这一点，我要表扬你。但是，在网上公开联络地点，就是你的败笔了。你不仅相信了虚假的资料，还若无其事地跟出来，就更是你的失败了。这样的你还想和我挑战吗？……老实说，你是敌不过我的。你啊，还是死了更好。”

静加，果然，她还活着……

罪时雨

像我这样胡子这么重的人，电动剃须刀是怎么也刮不干净的。还得用三片刃的老式刮胡刀才能处理干净。

不过，如果用这种T型刮胡刀的话，就需要用热毛巾仔细将面部敷热。一次两次倒是可以，但天天都这么做可受不了，所以多半最后都是用电动剃须刀草草了事。

最麻烦的是照相。随便刮刮吧，拍出来的照片里嘴巴和下巴周围都是青色的。就因为这个，还曾经被部下说过“这哪里是警察啊，简直像个小偷”之类的话，当时真是把我气得够呛。

所以，自从那以后，每次需要拍工作照之前，我肯定会去理发店去好好打理一番。

那么，今天，顺便再理个发吧。

“……遇到这种情况，您干脆化个妆不就完了？”

转眼间，我被调到八王子警署生活安全科，也有一年了。

这家离警察局最近的理发店，我基本上是二十天左右来一次。怎么说也算是常客了吧。

“化妆？”我纳闷道，本来想说两句的，却因为正在刮嘴唇上的胡子而没法回答她。

“要不要我帮您化个妆呢？伊东先生，您的脸盘儿棱角分明，要是再化个妆的话，肯定不输给明星呢。”

话虽这么说，但我怎么总认为她是在故意笑我的脸盘太大了呢？

我张了张嘴唇，正准备叫她给我化。

“哎呀，您不会觉得男的就不能化妆是吧？这都什么时代了啊，伊东先生。现在，只要是上个电视什么的，男的也都化妆呢。”

听她这么一说，我张开的嘴又闭上了，我又不上电视。

“就连坐在那边的孩子，他们都来化妆的。像伊东先生您这样单身的警察，生活又不规律，皮肤肯定会吃不消的，所以最好还是化化妆。对吧，深雪？”

这家店是由这个老板娘和她的侄女深雪两个人打理的。老板娘估计也就五十来岁，比我大个十岁左右。她侄女看样子不到三十岁。听到老板娘这么一问，她在里面哧哧地偷笑起来。

胡子终于刮完了。

“刮完了。我扶您起来。”

这是一家有三把理发椅的店，两个人经营还倒是正好。听说以前是老板娘夫妇两人，几年前她老公中风死后，就由她和侄女两人照看了。

“要不要给您抹点发蜡？还是说抹点别的什么东西？”

“……既然好不容易来一次，不如我给你抹点年轻人用的吧，可香了。”

老板娘一边笑着，一边向镜子对面递了个眼色。里屋的深雪就拿出了一个白色的小盒子。我问这是什么，深雪告诉我说这是发蜡。

“……哎？深雪，你眼睛怎么了？”

我从镜子里看到，深雪的左眼用眼罩盖住了。

瞬间，老板娘的脸色一下子黯淡下来。

“唉。深雪，正好伊东先生来了，你就跟他说说吧。”

老板娘从她手里接过小盒子，从里面挖出一些，摊在自己的手心，然后开始给我抹了起来。深雪则一言不发，低着头站在老板娘身后。

“……这孩子啊，跟一个男的生活在一起。那个人总是打她，在衣服下面，你是看不见啊，唉，全是都是伤。这次更过分，连脸上都打成这个样子了。我真的是看不下去了。再怎么说，我这也要接待客人的呀，这要是让客人看到的话……”

听老板娘忽然这么一说，我还有点没明白过来是怎么回事。

“你说什么？家暴？这是怎么回事？”

“就是打她呀……深雪，把眼罩摘下来，让伊东先生看看。”

老板娘一边摆弄着我的头发，一边回过头去催促着深雪。

深雪看了看镜子中的我，又看了看老板娘，终于像下了决心似的，慢慢地开始拆开眼罩。

“……你看啊，多过分啊！”

的确，从左眼角一直到颧骨，全都青了。不过伤痕周围开始泛黄了，应该是快好了。

“这是什么时候打的？”

“前天……晚上。”

“打了几下？”

“脸上的话，就只有这里挨打了……”

“其他地方呢？”

“……其他地方……肩膀……腰附近……”

可能还是想袒护那个男的吧，深雪一直说得模模糊糊的。

我原以为她是一个品行端正的姑娘呢。可没想到，深雪竟然有一个同居对象，而且还总被家暴。

老板娘仍然没有停手，还在熟练地给我弄着头发。

我隔着镜子又问道：“最早是什么时候开始的？”

“从很早以前就开始了。”

“为了慎重起见，我再问一下，你跟那个男的还没有结婚吧？”

她点了点头。原来他们果真是同居关系啊。

“你们是从什么时候开始同居的呢？”

“也不是一直都在一起……反正一直以来都是这样分分合合、反反复复地也持续了四年左右……”

老板娘又拿来一面镜子，放在我脑后，问道：“您看怎么样？”我点了点头，于是她便开始解开系在我脖子上的围巾，并将理发用的围裙撤了下来。

“……深雪，店不用你看了，你和伊东先生去 Melody 里坐坐，聊一聊吧……伊东先生，你有时间吧？”

正常应该是先问我有时间没有吧？……算了，反正我也没什么急事。“嗯，有时间。”我答道。

Melody 是附近一家咖啡厅的名字。

“不好意思。您这么忙……却把您叫出来……”

我轻轻地摇了下头，说了句“没事”。

深雪，人如其名，皮肤白白的，是典型的日本式美人。我倒是愿意和这样的又年轻又漂亮的女人面对面在咖啡厅里坐着，再怎么说，总好过那个隔着镜子跟我啰里啰唆的老板娘吧。

“对了……他是从什么时候开始殴打你的？”

深雪刚才说，她和那男的断断续续一直同居了四年多。

“一开始……他还是很温柔的……直到半年前……”

“他有正经的工作吗？”

听到这，深雪难堪地摇了摇头。

“刚开始在一起的时候，他好像在一家咖啡厅里做店长。不过，不知道什么时候就……”

“不去工作了是吗？”

“嗯……不过……他却经常出去不知道忙什么。”

我知道了，这就是个吃软饭的家伙。

“那结婚的事情，说过吗？”

她摇摇头。

“……最开始，他让我养他……当时，我在涩谷的一间店里打工。然后辞掉了……没了生活来源……日子有点过不下去了……正好那时候婶婶叫我去帮忙，所以我就来了。”

“打断一下，你现在住在这附近吗？”

“我住北野台。从南野站骑自行车也就五分钟左右的路程。”

她说的南野站，全称是八王子南野站，是横滨线上比较新的站，周围都是新建起来的住宅区。这么说来，她所住的地方确实处于我所属的八王子署管辖范围内。

我叹了口气，正了正身子。

“唉……男女之间的事情，外人也不好说三道四的……不过，如果你真觉得为难的话，我随时可以帮你想办法。但是，最重要的是，你到底是怎么想的。是继续忍受这种家暴，和他生活下去呢；还是如果他下次再打你，就和他分手呢？还是说你现在就想跟他分开呢？你只有确定自己的想法之后，我这边才能有的放矢帮你想办法。”

自从“桶川跟踪杀人事件”之后，警察局也开始受理此类案件了。在此之前，都因为是民事案件而不与介入。像是夫妻吵架，男女感情纠纷等等这类事件，真要出了事就晚了。深雪皱了皱眉头，叹了口气。可能是眨眼会引发左眼疼痛的缘故吧，她的脸不时地抽动着。

说实话，她真的是很漂亮。并不是某个地方非常好看，而是整个人都好看，说不出来为什么，总之就是百看不厌的那种。越是这么想，我越是不能原谅那个打她的男人。

“他叫什么？”

深雪欲言又止，然后像下了决心似的叹了口气。

“……他叫唐泽秀也。”

她说得很干脆。我向她问了“唐泽秀也”是哪四个字。

“对了，话说回来，你的名字是？”

“我姓岩仓。岩石的岩，仓库的仓。名字是深浅的深，下雪的雪。”

哦，她姓岩仓啊。我知道那家理发店老板娘姓前田，所以我还一直以为深雪的名字是前田深雪呢。

渐渐地，深雪开始对我这个警察打开了心扉。在此后的谈话中，她也能看着我说话了。

“……我想和唐泽分手，现在就分。如果只是我一个人的话就好说。可是，我女儿她……”

就这最后一句，让我对深雪的印象一下子又来了个一百八十度的大转弯。

我从这个可爱惹人怜爱的女人身上，看到了一种坚强。

我没有掩饰好我的惊讶之情便问道：

“……你，都有孩子了？”

深雪好像对我的反应也吃了一惊。

“啊？我没说过吗……不好意思。嗯，她现在马上八岁了。”

“八……八岁，那是……”

八岁当然就是八岁了，我都不知道自己在说什么。反倒是深雪察觉到了我的心思。

“现在在上小学二年级……我是……二十一岁的时候生的那孩子。”

这是个很简单的数学问题，深雪现在应该是二十九岁吧。那她和唐泽交往了四年，也就是说，孩子的父亲并不是唐泽。那这个孩子的父亲又是谁呢？现在和深雪还有联系吗？我一下子有好多问题想问，可又不能显得这么唐突。于是只好一点一点地慢慢试探。

“那么……你想和唐泽分开的话，孩子呢？怎么办？”

听到这，深雪紧紧地闭住嘴唇，一动不动地看着面前的杯子。茶色的水面，已不再冒热气了。她在看什么？也许是唐泽的面孔吧。

还是说，是在想着自己的女儿呢？

“……本来，我搬到北野台的时候，就想跟唐泽分手了。但被他找到了，之后赖在那不走了……我赶过他好多次，可每次都被他暴打。继而又抱着我女儿，怪里怪气地威胁我。具体说什么我记不太清楚了，反正就是什么‘你要是搬家了，我只要一调查这孩子的转校记录什么的就知道了……地址只要我想查，随便都能查到’之类的话……”

这男的还真是龌龊啊。

“嗯……基本情况我都了解了，我再去确认一下。不过就你刚才所言，那个叫唐泽的男人，应该没有在你家居住的权利，对吧？”

她轻轻地点了点头。

“总之，房屋租借人是你，房租也都是你在交付，那唐泽就是非法居住。”

“嗯，是的。”

“现在，最关键的就是，你对唐泽的态度是否能强硬起来。他不是有你房子的钥匙吗？那你就去和房东说一下，趁唐泽不在的时候把锁换掉。这种时候你就要坚决一些，把他赶出去。然后就明确地告诉他，这里不是他住的地方，告诉他以后再也不要来了。”

不过，深雪看上去有点害怕的样子。

“……他还有些东西在我家。”

“过后给他寄过去就是了。就算他在外面大吵大闹，也绝对不要让他进屋，不然就前功尽弃了。他要闹就让他去闹，之后就是警察的职责范畴了。一般人就会就此罢休的，不过如果他还不放弃，纠缠你不放，堵着门不走，强求要见你，在门外大吵大闹，不断地打骚扰电话等等的话，那我们就可以用《跟踪规制法》来收拾他了。”

深雪点了点头，她好像也开始认可我所说的话了。

“应该……应该能行得通吧？”

我给她介绍了一位信得过的锁匠师傅，告诉她，定好哪天换锁，哪天赶走唐泽之后就告诉我一声。之后我们就分开了。

过了大概两周，深雪给我打来了电话。

“我和锁匠师傅约好明天换锁。正好我也休息，我想一上午就把这件事情弄完。”

听她这么说，我便答应她，会挤出时间过去看看的。

那天，从早上开始，雨就一直下了停，停了下。

十一月即将结束，现在呼一口哈气都能见到白霜了。雨伞已经不足以抵挡这绵绵细雨。刚站了不大一会儿，我的脸和手就被冻得生疼。

“……伊东先生，请来屋里等着吧。”

深雪已经不止一次招呼我进去了。但这种情况下，最棘手的就是要等待唐泽的出现。所以我有必要在屋外守着，以便能迅速对应出现的状况。

“不用了。我在这等着就是了。”

深雪所住的是那种有点旧的、但又很干净的集体住宅，说它是居民楼吧，却又有点像是单身公寓。算了，姑且就算是单身公寓吧。这幢建筑一共是三层。深雪住在一楼的103。

换锁期间，隔壁102的人开门探头看了一下，好像看明白了什么情况似的又悄悄关上了门。这人看上去也就二十五岁左右，胖胖的脸庞，留着平头，一看他的样子就是个宅男。门口的牌子上写着“山川忍，山川浩”，多半是夫妇吧。不过，为什么丈夫的名字不写在前面呢？难不成，山川忍是妈妈？

“好了，换完了……太太，您出来看一下吧。”

换锁师傅向屋里望了望，把四把钥匙交给了深雪。

“现在，这四把钥匙每把都能打开这扇门。如果是丢了其中的一把的话，门锁会自动识别出来的。也就是说，就算是什么人拿到那把钥匙，或者是配了把同样的钥匙，您也不必担心，更不用换掉这个门锁。他是打不开的。”

深雪点点头，把装有换锁费的信封递了过去。

“谢谢您，师傅……这里是说好的费用。您点一下。”

锁匠说了声谢谢，就开始数起钱来。

“……嗯，一分不差。对了，要是锁出了什么毛病的话，请给我打电话，我会马上赶过来的。”

锁匠师傅把收据递给了深雪，鞠了一躬之后就离开了。

深雪低着头，让出了门口的通道。

“伊东先生，您一大早就过来帮我，太谢谢您了……您看，时间还早，如果您要是没事的话，就在我这吃个午饭吧，我都准备好了。”

我摇了摇头。

“我们有规定不允许这样，我这就得回去了。对了……”

我看了看表。现在是上午十一点二十七分。

“……唐泽他今天大概几点回来？”

突然，深雪的表情就黯淡了下来。

“他说，今天要和一个叫松井的朋友去秋叶原，一般这种情况都是六点左右回来。估计今天也是……”

我告诉她，我那个时候再来一趟。深雪再次深深地鞠了个躬，向我道了谢。

可是，唐泽好像是比我们预想的要回去得早。

傍晚五点半，我正坐出租往深雪家去的时候，手机响了起来。

“你好，我是伊东。”

“您好。我是深雪。唐泽……他回来了。”

不用再问了，我已经感觉到发生了什么。从电话里传来了男人愤怒的呼叫声，以及不断敲打着房门的咣咣的声音。

“我马上就到。不管发生什么，绝对不要开门！”

“我知道了。但是，孩子马上就回来了，我该怎么办啊？”

“别担心，我马上就到了。”

刚过了三分钟，我便赶到了深雪的家门口。

我下了出租车，连拿伞的时间都没有就朝深雪家跑去。

“喂！深雪，赶紧开门！没看我淋湿了吗？你个浑蛋，赶紧给老子开门！小心我宰了你！”

他开始踹门。接着又用手砸。然后又用脚使劲地踹。

“开门！你等我进去的，你别以为这样我就算了！”

“唐泽先生……我也正想这么说呢。”

听到我这么一说，唐泽停止了砸门，慢慢地转向我所在的方向。

那凶狠的目光，就像是要把我撕开了一样。

他个子比我高很多，看上去有一米八左右吧，偏瘦，黑西服配着白色衬衫，并没有系领带。也不知道是烫过发，还是天生的，他那卷卷的头发被雨淋湿，弄得很狼狈的样子。

“……你谁啊？”

他歪了歪嘴，恶狠狠地放出一句话。浓眉，邋遢胡子。与其说是黑社会，还不如说他更像是个游手好闲的小混混。深雪说他是三十四岁，我倒觉得他好像要更老一些。

我把警察证给他看了下。

“我是八王子警察局的，谁让你在这大吵大闹的？”

“……你是条子？干吗？有事吗？”

“你在这扰乱治安，恐吓女性。这是违法行为知道吗？”

唐泽脸上浮现出了不屑一顾的笑容。

“噢，明白了。就是你是吗？”

明白了？

唐泽阴阳怪气地摇了摇头。

“……我说深雪最近怎么有点变了呢。以前从来不会问我明天要干什么之类的话，最近却总是对我的行踪刨根问底，原来是你在背后搞的鬼啊。

他从内侧口袋里把烟盒掏了出来，叼起一根烟，点着了火。

“喂，我说……你跟她上过床了吧。”

我没回答。唐泽则扬起下巴，冲着门向我示意。

“我问你呢，是不是和深雪睡过了？”

瞬时间，我感觉头一热，太阳穴的青筋根根暴起。

“……她还不错吧？身材那么好。”

风一直在吹，雨打在我的脸上。但是，还不够。好热。现在，就算在我身上看见有热气冒出，也不会奇怪。

“喂！我说……那个女的啊，孩子就在隔壁，还要和我做呢。真行啊她。这么喜欢跟男人上床……正好，我一个人满足不了她……这样吧，警察先生，咱俩做兄弟吧。我把这女的分你一半……一三五什么的归你，你看行不？想和她做的时候，就直接给我打个电话，我好提前给你腾地方。”

身上好热。我感到头开始有点晕了。

深雪家的窗子里看不到有什么亮光。但她肯定就在里面。她正屏住呼吸，一动不动地在那听着呢。

唐泽把烟头扔在脚下的水坑里。

“……做一次，你给我三万日元怎么样？”

我不自主地往前踏了一步。我低头看着自己脚上已经湿透的黑皮鞋，感觉好像不是自己的似的。

“还是说，一个礼拜给我十万日元呢？”

我伸出左手，一把抓住了他。他的衣领被我使劲一拽，竟然拽出了水。

“干吗？你要干吗……？有话好说。要不，你看这样行不？一个月你一共给我二十万日元就行，就二十万日元，你想几次就几次，想几天就几天，随便你来，你看怎么样？”

我挥起右拳，上面还挂着雨水，朝他身上使劲砸了过去。

骨头与骨头，撞在一起，发出了沉闷的声音。

到处飞溅着雨水。

唐泽和我都已经浑身湿透了。

许久，唐泽才从地上爬了起来，坐在了那。

“……好疼！真他妈疼啊！”

他一边捂着左脸，一边冲着阴暗的天空大号。

“喂！老子一定去投诉你！警察就可以殴打毫无反抗能力的普通市民吗？别以为这样就完了，老子肯定去投诉你！”

唐泽反复说了好几次。然后夸张地拖着脚，蹒跚地走向大街。

没错！我揍了他。

我当警察已经二十七年了，跟同事打架倒是常有的事，可是对一般市民动手，这还是第一次。

不知何时，深雪打开了门。

她把脸埋在我的胸前，双手抓着我的衣领，放声大哭。

“伊东先生，对不起，我对不起你。”

她反复地说着。我轻轻地抱住了她的肩膀。

“我，会保护你的。”

不过，这句话当时说没说出口，我现在已经记不清楚了。

自此，深雪天天都会给我打电话。

“这两天我过得很好。伊东先生你呢？”

“今天唐泽来了，我装作不在家，他就又回去了。伊东先生，你今天过得怎么样？”

“今天他又在门外一顿吵。我对外面喊，我要叫警察了。结果外面说，那你就喊吧。最后他就走了。伊东先生你今天怎么样？”

因为每天要做报告，所以我没时间去深雪家。深雪也没再报警，所以我每次都回复她，我这边也很好之类的话。

但是，一周后，发生了这样的一件事。

那是下午五点十五。我结束了常规工作，开始整理桌子前面的文件。

“现在播放一条来自警视厅通信指令的通报。北野台四丁目三十四号，发生了一起人身伤害事件。相关人员请立刻奔赴现场。再重复一遍，北野台四丁目……”

北野台四丁目，三十四号。这是深雪所住的公寓！

这种不祥的预感非同一般。就怕出现这样的情况！我心里一沉。我真为这一周的掉以轻心感到后悔。

我立刻拨通了深雪的手机，却没人接听。我裹上大衣，从警察局奔向深雪所在的理发店。

当我冲进理发店时，正看见老板娘惶恐不安地和一位头上裹着毛巾的客人在说话。

一看到是我，她好像看到了救命稻草一样扑了过来。

“伊东先生……”

“怎么了？发生了什么？”

她赶忙跟我讲述了刚刚发生的事情。

刚才深雪的女儿从家里打过来了电话，说是唐泽被人捅了之后爬到她家来求助，电话里还能听到她一直在哭。深雪对孩子说了句她会报警的，就挂断了电话。然后又匆匆忙忙地打了 110 之后就跑出了理发店。

“……我一有事情，首先就想到联系伊东先生您。可是，我又不想给您添麻烦。可那孩子……”

说到这，她一下子抓起我的手。

“伊东先生，你帮帮她吧。帮帮我侄女吧。她那么可怜。双亲走得早，这年头，拼了命地才在美容学校学习了一门手艺……她说既然有了孩子，就想给孩子一个温馨的家庭。仅此而已……所以，伊东先生，请帮帮我侄女吧……求求你了，她还那么小。”

看着她放声大哭，我却渐渐恢复了冷静。从某种意义上来说，我是松了一口气。

最重要的是因为受伤的不是深雪而是唐泽。再进一步说，当时深雪也不在家，而是在距离家两站地的店里。并且她的女儿也平安无事。一旦确定了这些情况，我的心才开始放松下来。

“没事的……我现在也赶过去看看。真要有什么事情，我会给你打电话的。放心吧。”

我立刻拦了辆出租，赶往北野台案发现场。本来，身为生活安全科科长的我，是不能过问刑事科所掌管的刑事案件的。但是，我又不能放任不管。一想到那么瘦弱的深雪在案发现场的样子，我就感到坐立不安。

那一夜的雨也是停了下，下了停。

我在公寓前下了出租车。案发现场的街道前后三十米都已经用警示带围了起来，里面停着三辆巡逻车和两辆搜查用的警车。

“您辛苦了。”

我一面跟现场负责安保的地域科警官打了个招呼，一面钻过了警示带。

但让我总感觉有点不对劲的是，这只是一个伤害事件而已，用不着这么小题大做吧。

借着公寓周围昏暗的灯光，我观察着这周围走来走去的便衣警察们。正巧，刑事科罪犯搜查部门的吉住警长在那。我俩年纪相仿，经常一起喝酒，彼此也都很投脾气。

“喂！吉住。”

“哎呀，是伊东啊。”

我向他挥了挥手，然后装作若无其事地走向公寓。此刻，103 号房间的门正开着，所以能看见里面点着荧光灯。101 号前站着个人。是深雪吗？旁边站着一个女孩子，个头到她的胸那么高。负责询问的是刑事科的罪犯担当系长。

“救护车已经带着伤者去医院了？”

吉住滑稽地耸了耸肩。

“没有。来的时候已经晚了。在这又太碍事，所以就让他们回医院了。现在正在等着本部的鉴定科的同事和法医来呢。”

“晚了？怎么回事？”

“就是说，人已经死了。”

死了？看来这已经不是一起单纯的伤害案件，而是杀人案件了。

“……死的，是唐泽秀也吧？”

“哟，这你都知道啊。”

“凶手呢？”

吉住故作夸张地做了个表情，笑了笑。

“现在还不知道。要是知道谁是凶手的话，我们还在这里干吗？我去继续做事了。”

他说得没错，我这问题够傻的。

案发第二天的傍晚，刑事部搜查一科在八王子警察局设立了特别搜查本部，正式开始了对此次杀人案件的侦查。

当然，身为生活安全科科长的我是不需要参加破案的。不过因为收到了搜查协助的命令，于是我派了几名手下去协助侦破。

我把从部下那听到的情况，警察局里的传闻，记者问答会上公布的消息，以及报纸媒体上的信息综合了起来，在脑海中大致地还原了案发当天的情况。

那天傍晚四点半左右，深雪那还在上二年级的女儿静加放学回家，正在桌子上玩橡皮泥的时候，门铃响了。她走到门口从猫眼里看到外面是唐泽后，就默默地回到了桌子前。唐泽好像知道静加在屋子里，就不断地按着门铃，喊着她的名字。并且一直在喊，说什么“让我进去，我里面还有东西呢，非常重要的东西”之类的，声音大得连附近的邻居都听到了。

但是，突然好像又来了一个人，没多久就跟唐泽吵了起来，并当场用刀捅伤了唐泽。从腹部到左大腿根，一共捅了六刀。后来静加说，跟唐泽吵架的是个男的。

不久，便传来了唐泽的呼救声。静加把洗碗池上面的窗子打开，看见唐泽倒在门口，下半身浸透了鲜血。

静加有点犹豫不决。虽然他总打妈妈，但毕竟也是一起生活了很久的人，优点多少还是有点的。现在这个男人，就倒在自己家的门口，并且浑身是血。帮他吗？但怎么帮呢？对了，这种情况应该叫救护车吧？虽说想到了救护车的事，但静加还是很慌张。救护车是 119，还是 110？小姑娘突然有点弄不清楚了。

那还是先问问唐泽该怎么办吧。静加鼓起勇气打开了门，唐泽看见门开了，一边说着谢谢，一边往屋子里面爬。虽然唐泽一直叫静加去叫救护车，可静加一看到这么多血就慌张得不知如何是好了，只是呆呆地愣在那里。

唐泽只好自己去找电话。从门口一直到卧室，有一条长长的血痕，那就是他爬行的时候所留下的。听说当时唐泽的内脏都流出来了，有的还留在了地板上。顺便说一句，唐泽身上的手机当时正好没电了，所以他也不能用自己的手机报警。

从事后的情况来看，从门口到卧室的这段距离，是导致唐泽致命的原因。他都爬到了电话的跟前，却没能拨出去，就这么拿着听筒死掉了。死因是失血过多。电话的键盘上到处是血印，估计是当时唐泽胡乱按的时候留下的。也许是当时静加没有开灯，而导致唐泽根本无法准确地看清键盘吧。岩仓家的电话是那种很老的款式，所以按键时是没有背光灯的。

直到看着唐泽渐渐地断了气，静加才从他手里拿回了听筒，给自己妈妈所在的理发店打了电话过去。我问她为什么没给警察打电话，静加说，妈妈说她会打的，并且她还让自己藏在一个安全的地方。

可能是因为这样吧，当最近的派出所的警察赶过去的时候，静加正躲在反锁的厕所里。

案件发生的第三天。上午十一点刚过，吉住来到了生活安全科。

“伊东。”

他大喊了一声，朝我走了过来。

“……喂！岩仓深雪找你商量过关于唐泽秀也对她实施家暴的事情吧。”

我“啊”了一下，他继续说道：“为什么你没跟我说过？有什么不可告人的吗？”

“没，怎么可能……根本没有。”

但是他却仍旧一脸怀疑地盯着我。

没办法，我只好跟他继续解释。

“……那个，事出有因，当时不太好说……但是，唐泽不是已经死了嘛，事情都过去了……”

“你说什么呢，伊东？”

“我的意思是，有关案件的东西，我要说的，和岩仓深雪所说的是一样的啊。我这里没什么对案件有帮助的信息……”

“……岩仓找你求助的事情，并不是她跟我说的，而是理发店的老板娘。我是从老板娘那听说岩仓深雪找你求助的事情的，反倒是深雪她本人，关于你的事情只字未提……喂，你俩到底是怎么回事啊？难不成是在交往吗？”

“没有，不是你想的那样的。你这么胡乱猜忌人可不行！”

我有点慌了，就把之前的经过全都告诉给了吉住。

关于深雪被家暴，关于她跟我哭诉，关于她家换锁，唐泽闹事，等等的事情我都原原本本地跟他说了一遍。

“……他嘴巴很臭，一直在说着不干不净的东西……我一时没忍住，揍了他……但也就只是一下而已。”

吉住听得目瞪口呆，眼珠子瞪得都快掉出来了。

“伊东……你把唐泽给……？”

“嗯……给打了。”

我立刻低下了头。

“抱歉。当时，唐泽一直说要投诉我。所以……关于那件事，我真的不知道怎么说才好。不过，我冷静地想了想，既然现在那个唐泽死了，我应该跟你说的。抱歉，真的是抱歉。”

吉住“哈哈”地笑了两声，声音听起来既无力又无奈。

“……我就说嘛，伊东你还是对深雪有那么点意思的啊。”

“我不是解释过了吗？就怕被别人这么误会，我才不好意思说那件事。”

“别狡辩了。根本就不是误会。这就是完完全全的事实。”

说着，吉住搂着我的肩膀，像说悄悄话似的对我继续说道。

“……伊东啊，我觉得这没什么不好啊。谁说警察就不能有喜欢的人啊，而且你一直单身。深雪虽然带着孩子，但现在和她同居的男人不是已经死掉了嘛，所以她现在不也成了单身吗？所以啊，挺好的。但是可能现在马上在一起有点不太合适，毕竟是刚发生命案。等舆论平静了以后，谁还会在乎这个啊。喜欢，就在一起呗，男女不就是这样嘛。何况那个女人，关于你的事守口如瓶。这说明什么？还不是她也喜欢你，怕把你也牵扯进来不是？嗯……我想肯定是这样没错的。”

吉住拍了拍我肩膀，扔下一句“我真羡慕你啊”就径自走开了。

关于那件事，我是该说还是不该说呢？最后我也没弄明白。

在搜查本部，大家对唐泽交友圈的相关信息，进行了严密的排查。经过一周左右，一个可疑的人物就浮出了水面。

松井晋平。

此人三十三岁，与唐泽有着十多年的交往，现在在秋叶进行色情录像带的制作、拷贝以及贩卖的活动。他本人也已经在上野警察局生活安全科里备了案。

据侦查人员调查，松井和唐泽最近关系有点紧张。原因就是唐泽因为手头紧，竟然把店里的营业额给卷跑了。

搜查人员在松井的一位女性朋友的住处将其抓获，并且开始了询问。

他既没有不在现场的证明，而且还具备作案动机。但问题是，无论如何也找不到凶器。并且松井本人也拒绝回答任何问题。

即便如此，搜查本部还是一致认为杀害唐泽的真凶就是松井。而且，认识松井的人也都说听他说过“我要杀了唐泽”之类的话。

但是，有一点却令办案人员很是烦恼。

那就是静加一直坚持说案发当天跟唐泽吵架的声音并不是松井。静加和唐泽一起生活的时候，松井也来过几次，甚至还和静加说过话。所以，既然静加说那天吵架的不是松井，那就应该不是他了。

但事情并不仅仅如此。

深雪家隔壁的邻居山川浩，也亲眼目击到了凶手行凶后离开公寓的整个过程。他在对嫌疑犯进行指认的时候，也说自己看到的凶手并不是松井。

但搜查本部并没有放弃，他们又叫来了静加。但这次不是让她指认凶手的容貌，而是让她听磁带指认声音。

工作人员一共给她听了五个人的声音。除了松井以外，其他的四人都是警务人员。

但是，静加最后给出的答案却是：这五个人都不是。于是又反复进行了几次。有那么几次，静加说“好像是这个人的声音”，但这个声音却是假扮的警务人员的。总之，每次到松井的声音的时候，静加都说不是他。看来，从离凶手最近的两个人这里，是怎么也得不出松井是杀人真凶的结论了。

搜查本部开始拼命地寻找其他的人证、物证，尤其是凶器。案发现场周围就不用说了，就连最近的公交车站，到地铁站之间的小路、草丛、水沟，甚至是公园里的水池里都找了个遍。

本部延长了拘留时间，至此，离松井接受调查已经过去二十三天了。但是关键的物证以及松井本人的口供却都没有得到。最遗憾的是由于当天下雨，所以也没有采集到有关脚印的准确数据。搜查本部目前所掌握到的也只有松井的杀人动机了。

最终，因为证据不足，所以就只能释放了松井。

搜查工作又一次回到了原点。

吉住那天对我说的话，在某种意义上是正确的。

不管真凶抓住与否，唐泽已死，这是个不争的事实，所以也就没什么能妨碍我和深雪交往的了。如果说要有的话，也只剩下静加了。后来，我发现是我杞人忧天了。静加对于我和她妈妈的交往，很是赞同。

"我认识你。你是警察对吧？我不会不同意的。你不像那个人似的，你很靠得住……这不是很好吗？"

按照严格意义上来说，我并不能算是刑警。但我穿着便服，并且又跟人说我是警察，所以就很自然地会被别人当作是刑警。更何况，跟我说话的人又是个只有八岁的二年级小学生！所以，我干脆就顺水推舟地夸奖她道："你这都知道啊。"

在以后的日子里，我尽量不去深雪家打扰她，这也并非是我故意想表现出与唐泽的不同。我们两人会经常在八王子站周边见面，隔一次就带上静加一起吃个饭什么的。晚上八点半的时候再把她娘俩送回到北野台，然后自己再回家。那时我住在离警察局有一点五公里路程的富士见町。就这样，一直持续到第二年的春天，我突然收到了定期人事变动的派遣令。

我这次的新职位是小金井警察局生活安全科的科长。

我在那家 Melody 咖啡厅将这件事告诉了深雪。她听后，失望地低着头，沉默不语。交往了这么久，我对深雪这个人也有了一定的了解。她几乎从不向我要求什么，也许是因为自己和小混混同居过，又带个孩子，所以对我感到有些愧疚吧。

其实这些都无所谓，我并不介意。虽然我无法去控制她的想法，但我会刻意避免这样的话题，尽量不去触碰她的过去。

并且，在我的心中也有一个很介意的事情。

那就是我们之间的年龄差。

深雪三十岁，而我则已经是四十六岁的人了。面对着这样一位年轻貌美的女人，我真有点说不出口"请你嫁给我吧！"这样的话。即便是深雪带着个孩子，单凭她的容貌，要找一个既年轻又有钱的男人也并非难事。去找一个不知道唐泽存在的男人，一起生活不也是挺好的吗？真没有必要嫁给一个像我这样的，单身了将近五十年，工作上又没有晋升空间的小警察。

这样的想法在我的心头挥之不去。

我和深雪……

虽然我们彼此都知道对方是怎么想的，可就是都无法迈出那一步。

我们两个的关系就像是这两杯喝到一半的咖啡，在桌子上慢慢变凉，既没有被喝光，也没有被撤下去，而只是被撂在桌子上，任其渐渐失去温度。

不行！再这么下去，我会失去深雪的。静加不都已经接受我了吗？现在我向深雪求婚的话，她肯定会答应我的。

应该是这样的。她肯定不是因为人事调动而对我保持沉默的。

不会的，不会的。深雪不是那样的女人。我难道还不了解她的秉性吗？跟唐泽发生那样的事情，只能说是意外而已，她只是一个无辜的受害者。这一切绝对不是深雪所造成的。

我要不要跟她表白呢？不过那个时候，深雪是真的想摆脱唐泽。她会不会只是在利用我呢？会不会她还是想找个更加好的男人呢？

忽然，深雪叹了一口气。

“但是，也没关系啊……小金井离这里也并不是很远。”

那声音，那表情，那语气……

我开始有点瞧不起自己了。竟然去怀疑深雪的真心，我打心底感觉到自己好丑陋。

深雪继续说着。

“虽说不能像现在这样频繁见面……但是，坐电车去看你的话，来回也要不了一个小时。也没有什么不方便的……”

是的。八王子距离小金井，只有二十公里。仔细想想，我现在不是八王子警察局的人了，深雪所住的区域也就不归我管了。也就是说我俩见面不用像之前那么躲躲闪闪了。

“是啊。并不是那么远。”

我看了看深雪。她欲言又止，泪珠在眼眶里打着转转。

“那……我还能去看你吗？”

我点了点头。

“当然了啊。把静加也带上……我也仍然会像往常一样，隔段时间就去店里理个发的。”

我想，我俩这段对话，已经代表了我们之间的心意。

唐泽案件过去一年之后，设置在八王子警察局的搜查本部宣布正式解散。由于始终找不到真凶，案件也就就此画上了句号。

而就在此时，我和深雪之间的那层纸，也终于到了捅破的时候了。正好，我听说小金井警察局附近要建一处警察宿舍，而且还可以优先预约。

“要不……你俩也？”

我鼓起勇气，说出了这句自认为是表白的话。

深雪不是那种故意刁难人的女人。虽然我说得很含糊，但她仍然很温柔地笑了笑，点了点头。

“谢谢你……太好了。我终于等到你说这话了。”

由于其间各种事情，真正迎娶她回家，也是在一年之后了。

伊东孝俊，深雪，静加。

那时，每次看到新宿舍门牌上的名字时的那种高兴劲儿，我至今也无法忘记。

现在，我终于可以算作是事业与家庭双丰收了。

来到小金井警察局已经是第三年了。这天，我遇见了之前的部下，大村和巳。他现在已经晋升为巡查部长了，隶属于地域科第三队。对了，说我刮完胡子像小偷的，就是他。

大村结婚了。而且有一个和静加一般大的女儿。

他向我抱怨道，现在住的宿舍又破又远。我就告诉他，我住的楼下个月就空出来了。于是他很开心地说，决定下个月申请搬进来。

对此，他非常感谢我。

不知不觉，唐泽被杀一案已经过去整整五年的时间了。

静加也上了中学，而且和大村的女儿一起在附近的补习班上课。

日子一天天地过着。直到这年冬天的一个早晨。

我们三人像往常一样吃着早饭。我突然被一则报道的标题所吸引住了。

又一起酒驾事故　司机与行人不治身亡

其实这标题也没什么特别的。但不知为什么，我却很在意。总觉得不能不看。

我仔细地看着这篇报道，立刻就知道为什么我会如此地在意它了。

酒驾司机的身份是，品川区无业游民，松井晋平，男，三十九岁。

“爸爸，你怎么了？”

坐在我对面的静加，很奇怪地看着我。深雪也从一旁凑过来看我在看什么。

“没怎么。”

我坐在放在榻榻米上的桌子前，喝了一口味噌汤。

让我没想到的是，曾被认定为杀害唐泽秀也的嫌疑犯的松井，竟然酒驾身亡了。虽然这没什么，但我还是因为有所顾忌而不敢说。毕竟，在我家，那个案件已经成为历史了。

警察嘛，本来就是个没有固定休息日的职业。因此，一有时间，我便会把家里的可燃垃圾拿出去扔掉。

“老公啊，橡皮泥应该算是可燃垃圾吗？”

我刚把静加送出门，正喝着绿茶呢，深雪就拿着一个淡蓝色的塑料盒子来问我。

“嗯……什么样的橡皮泥啊？”

“就是普通孩子玩的那种。”

说着，她打开了盖子，给我看。一股难闻的臭味扑鼻而来。

“怎么这么臭啊。”

“嗯……可能是好久没玩了吧。好像发霉了都。”

我赶紧叫她盖上盖子。深雪一边答应着一边擦拭着黯淡无光的盒子。

“……这孩子从小就玩这个。那时候我也没给她买过什么玩具……过家家啊，捏小人儿啊，做个小动物啊，全都是用这个橡皮泥……直到有一天，她说玩完了之后手就变臭了，所以就不再玩了。”

深雪苦笑着，笑得很美。眼角周围出现了些许皱纹，可依旧不影响深雪的美貌。

“这是要扔掉了吗？”

“嗯。当不可燃垃圾扔掉。”

“那就当不可燃垃圾扔掉吧。”

“可这不是橡皮泥吗？那不就是黏土吗？应该能烧着吧？”

两个人探讨了半天也得不出结论，干脆就给市役所打了电话。结果对方告诉我那是可燃的。

于是，深雪蹲到了垃圾袋的前面，开始把橡皮泥从盒子里抠出来。

忽然。

她“啊”地喊了一声，手就不动了。

开始我没在意。可深雪就那样一动不动地愣着。一分钟，两分钟……

“怎么了，深雪？”

她仍没说话，只是一直盯着那个淡蓝色的盒子。

怎么回事？我从沙发上站了起来，朝她手边看去。

房间里不仅飘散着橡皮泥特有的臭味，还有另外的一种说不上来的臭味。

“……深雪。”

我话一出口，就明白了深雪为什么愣住了。

因为我也看见了。淡蓝色的塑料盒子里，绿色的橡皮泥上一个嵌着银色的物体。

是刀柄！

像是一把折叠刀的刀柄。

"……老公。"

深雪的脸上，浮现出几近变形的夸张表情，那是一种不安、激动，甚至比我打唐泽那次还要夸张。

没办法，刀子只能从橡皮泥里被拉出一半。然后就这么放在了客厅的中央。

我们两个人都不知该说些什么，只能沉默不语地等着静加回来。

"我回来了。"

傍晚五点，静加和以往一样，边打招呼边脱着鞋。

"你俩怎么了？"

静加好像看见了桌子上的东西。

她喉咙动了一下，就站那不动了。

深雪看着她。

"静加……这是什么？跟我和你爸爸解释清楚。"

我俩到底在等个什么样的答案呢？什么样的答案能让我们接受呢？

静加背着书包站在桌子旁边，低头看着那半块橡皮泥。

"……这是小刀啊。"

"干什么用的？"

从静加嘴里听到"呵"的一声。是叹气，还是在笑？

"……是松井晋平杀死唐泽秀也的刀子。"

深雪不再问了。而只是坐在那，默默地盯着静加。

"……我是说，这东西为什么会在你的橡皮泥里？"

我接过话茬儿。静加一动也不动，目光依旧停留在桌子上的橡皮泥上。

“还用问吗？是我藏的啊。”

“为什么？”

“……为什么？……硬要说理由的话，那就是为了感谢松井吧。”

我一时没明白什么意思。

“感谢？”

这回我真的是听到静加笑了一下。

“……奇怪吗？我觉得很正常啊。因为松井把一直欺负妈妈和我的人给杀了啊，我至少要帮他逃过警察的调查啊。所以我就把小刀藏了起来。在警察局他们给我听松井的声音，我故意说不是凶手，也是出于这个目的……那个报道我也看过了。松井出事死掉了是吧。死了的话，那把刀就不需要了。所以我叫妈妈当不可燃垃圾丢掉……仅此而已呀。”

我突然感觉到天旋地转。

我到现在也不敢相信，在警察宿舍里，竟然会出现这样的对话。

“对了……其实，说松井杀了唐泽，其实是不正确的。他只是捅了唐泽几刀而已……然后我开了门，让唐泽进了屋子。他让我叫救护车，可我就一直愣在那里。没办法，他只好自己往电话那爬……我猛地拽住了他的腿，不让他靠近电话。我不想让他叫救护车……他回过头，一直在骂我，还一直拼命地向前爬着。也许他的腿失去了知觉了吧，都不知道我还在拽着他，还一个劲儿地爬着。”

怎么回事？这孩子到底在说什么？

“但毕竟他是大人啊，力气那么大。到底他还是爬到了电话那里。

我只好假装去帮他，然后慢慢用身体挡住电话，并把身后的电话线拔了下来。但他竟然都没发现，还一边拼命地拨号，一边喊着为什么打不通呢。我都快憋不住，差点就笑了出来。不过要真是笑出来了，是不是有点不太好呢？结果，他打着打着就不动了。所以啊，要真说是谁杀了唐泽的话，应该是我吧……在那之后还是在打完电话之后，我不记得了，反正我看见门外走廊里掉了一把小刀，我就把它藏在了橡皮泥里。事情经过就是这样。”

说完这些，静加才回过头来看我。

“爸爸……当时，唐泽给过我零花钱，你知道为什么吗？”

我没回答她。我无法做出回答。

“……儿童色情录像带知道吧？他和松井一起做这个。据说我拍的录像带和写真的销量非常好呢。”

突然，深雪整个身子从椅子上无力地滑落下来，她抱着头在地板上爬来爬去。“别说了！我不想听！”

“哎呀，你不会才知道吧。我和唐泽之间的事情，妈妈你应该早就知道不是吗？”

她在说什么？！那个时候，她才只是个八岁的孩子啊！

静加又转向我。非常得意地看着我。

“再告诉你一件事。其实，隔壁房间的山川先生看到了松井逃跑时的情景。是我拜托他做伪证的。我很早就发现他看我的眼神不对劲了，那就简单了。我就告诉他，如果他肯帮我的话，我就陪陪他。他当然屁颠屁颠地答应了啊。”

我已经无法指出到底哪里出了问题，我也无法反驳她到底是哪做错了。只能说这一切全都不对劲，全都错了，这已经几近疯狂了。

“你怎么能……”

我费尽全部力气，也只说出了这一句。

静加又用冷冷的眼神低头看着深雪，表情显得很是不屑。

“虽然我没看过《人人有颗复仇的心》这本书，不过我很喜欢这小说的名字。哦，对了，还有《汉穆拉比法典》里的《以牙还牙》。”

她慢慢地将橡皮泥拿在手里，开始把小刀取出来。

“哇……好臭啊。”

刀被拿了出来。她把刀刃打开。那是一把比我想象的要宽的小刀。静加翻来覆去看着这把刀。刀身的两边，都已经黑了。

“爸爸，你不是也打过唐泽吗？那天我正放学回家，在楼下看见的。我还听见唐泽说要投诉你呢，然后他就跑了。那之后，你和妈妈就抱在了一起……我当时在想，这次的男人换成你了吗？那时候我还不知道你是警察呢，只是觉得又出现了一个比唐泽更强大的男人，把妈妈赢走了。妈妈也仅仅是从一个男人那换到了另一个更强大的男人那里而已。”

她用尽全身力气，猛地将小刀扎进桌子里。

刀上已经干掉的橡皮泥崩得四处都是。

那个淡蓝色的空盒子一下子被震得飞了起来。

“……我想，我也应该像妈妈学习。”

她也不顾自己还穿着裙子，就一下子跳到了桌子上，用双手将刀子又拔了出来。

“……我既不喜欢暴力，也不讨厌它。我只是利用它而已。我要用我自己的方式，来控制暴力。”

说着说着，静加开始向门外走去。

一直三天，她都没有回来。

也就是在她离家出走大概一个月之后，黑社会的小池基文在小金井警察局管辖范围内被枪杀了。

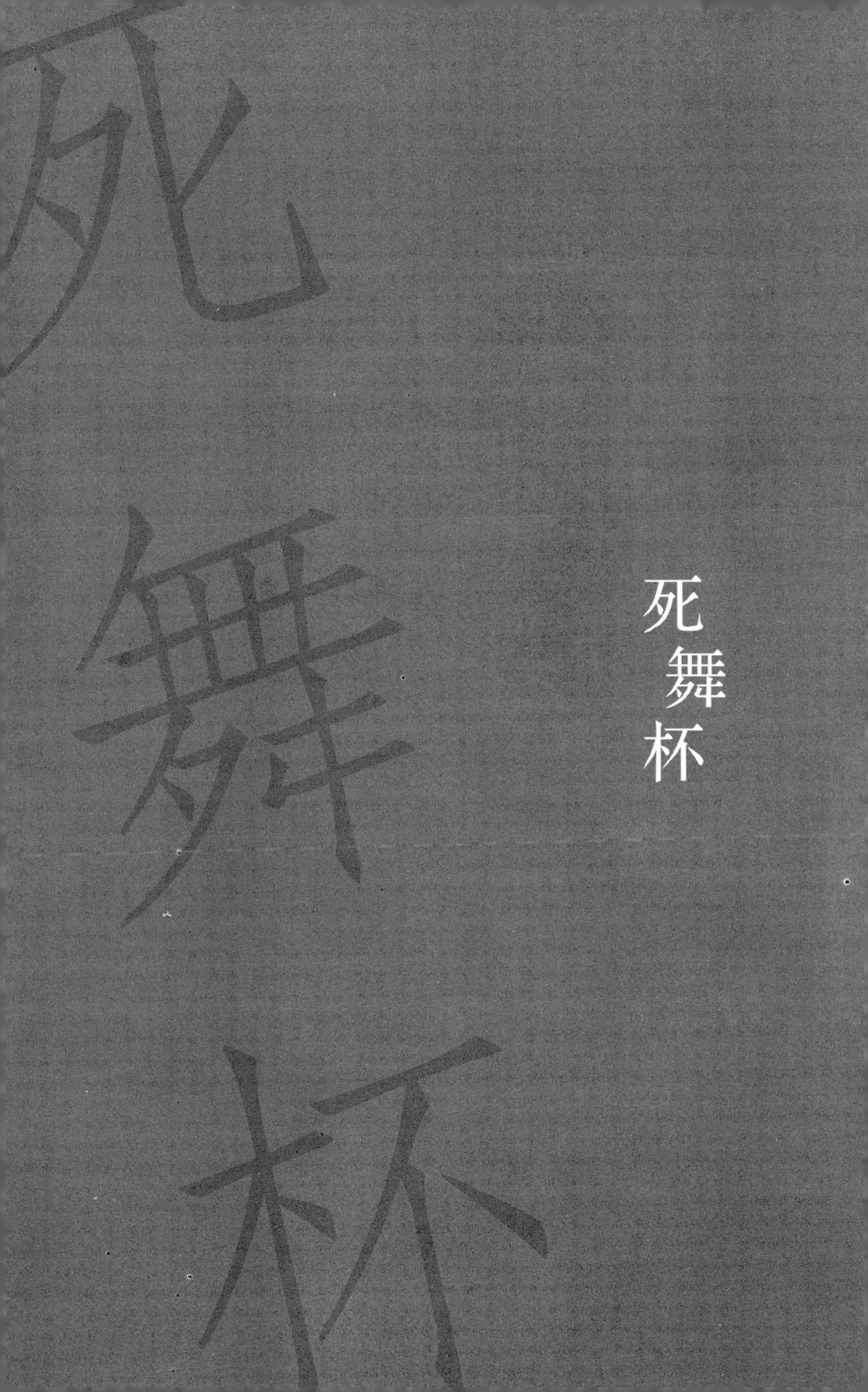

死舞杯

我坐在平时经常坐的吧台前，向老板娘要了烤鱼和关东煮。

“……鱼就要青花鱼，关东煮嘛，就来牛筋好了。”

我对这家店的招牌菜，还是很满意的。

“嗯，好的……然后，还是要喝兑热水的烧酒是吧？”

马上就十一月份了，喝啤酒或者掺了凉水的酒，恐怕对身体不好吧。

“我开了一瓶‘梦镜’。这个给您兑点热水？”

梦镜。我记得好像是一种产自鹿儿岛还是哪的白薯烧酒来的。

我没说话，点了点头。

老板娘耸了耸肩，转身去准备了。

“矢部先生这个人啊，喝什么酒都要兑点热水。”

她对另外一个认识我的的酒馆常客说。那个人是附近一所租借公寓的所有人。他认识我，并且知道我是麻布警察局的刑警。

“雪惠啊……别这么说嘛，他喜欢怎么喝就怎么喝呗。梦镜兑点水，我也喜欢这么喝呢，挺好喝的啊。”

就是。兑热水喝有什么不好啊。原本喝酒就不是冲着味道去喝的。喝得晕晕乎乎，让人们忘掉一天的疲劳，这不就挺好的嘛。

“您的东西来了。”

隔着吧台，老板娘把碗筷和小菜递了出来。今天的小菜是芝麻做的豆腐，上面浇满了厚厚一层味噌汁。

我皱了皱眉，这并不是我所喜欢的口味。忽然，怀里的手机响了起来。

“不好意思，来电话了……稍微等下啊。”

我一边说一边从怀里把手机掏出来。看了一眼来电显示。果然，是局里刑事科的人打来的。

“……你好，哪位？”

“您好，矢部主任。能问下您现在在哪吗？”

是今天晚上值夜班的尾上幸彦巡查长。比我小两轮，是个和见习生没多大区别的新人。

“……什么事啊？我这正要喝点小酒呢。”

“您先等会儿再喝吧。刚才上面来电话说，咱们管辖范围内刚刚发生了一起枪击案件。”

我本想告诉他交给枪械科不就好了嘛，但后来想想，还是先听他是怎么说的吧。

“……而且，伤亡很严重。矢部主任，您现在在哪啊？案发现场在西麻布四丁目附近，您赶不过去吗？”

这家店位于一片住宅区内，从局里出来穿过六本木大道，走个五分钟也就到了。所以从这直接去西麻布四丁目的话，跟从局里过去没什么区别。但是……

“……干吗非得我去啊？我明天又不当班。”

“不光是矢部主任您要去，整个警察局都得去，全员出动啊。”

“啊……情况这么严重吗？”

“是啊……所以，问您现在在哪呢啊。能去，还是不能去啊？”

“知道了！烦不烦啊你！”挂上了电话，我的心情突然消沉了起来。

现在发生枪击案件，至少说明明天我是甭想休息了。明天在江户川赛艇场可是有一场非常值得我期待的比赛呢，这是今年最后一次决定胜负的关键之战了。而现在呢，就像肥皂泡一样，“啪”地破掉了。

不过，虽说如此，我并没有对抓住犯人抱有多大的信心。那是对人生抱有更大的希望的人才会有的想法。对于像我这样，把什么升职啊、婚姻啊，都搞得一团糟的人来说，办案这件事，就像是抱着“友谊第一，比赛第二”这种想法去参加奥运会一样。

我先回了趟局里，带上手枪。然后用了不到二十分钟的时间就赶到了案发现场。我看了下表，刚过十点。

现场聚集了四五十号人，我只能从他们中间穿了过去。看样子，媒体还都没有来。

“……哟，您辛苦了啊。”

“矢部主任，您也辛苦啦。”

我跟现场负责安保的同事们打着招呼，一脚跨过了写着“禁止入内”的黄色警戒带。

封锁区域里停着四辆巡逻车和两辆搜查用的便衣警车，这四周全都是麻布警察局里的车。话说回来，怎么警视厅本部的机动搜查队还没到吗？我大略看了一下，现场穿着西服和警服的三十几号人，全都来自麻布警局。

没多大工夫，我看见了尾上。

“喂，波奇！”

这是我随便给他起的外号。没有理由。硬要说的话，可能是我觉得他的脸长得像只叫波奇的斑点狗吧。

“啊！矢部主任。”

就像看见了主人一样，他摇着尾巴走了过来。

“您辛苦了。”

他踮起脚来，在我身上闻来闻去。这家伙足足比我矮了有十多厘米。

“……您好像还没喝呢啊。”

“我不是跟你说过吗？正要喝呢。”

我再次环顾了下四周。

“那里就是案发现场吗？”

那是一片幽静的住宅区。我的左手边是一栋看起来极其普通的独门独院，右手边则显得别有一番情趣。

“是的。房子很大，房主是一个叫作南原义男的四十二岁男性。”

“噢……”

这户人家的外面围着一堵高高的水泥围墙，看上去足足有两个人那么高，恐怕怎么也有将近四米高了吧。长度呢？三十米？或是更长？围墙中心部分有个近十米长的奶油色的铁门。如果这要是个车库的话，应该能并排停四五辆车吧。

门敞开着，出出进进的都是鉴别科的同事。

这房子在一个道路拐弯的位置，所以稍微再走两步就能看到另外一条大道。可房子四周的围墙实在是太高了，因此完全弄不清楚里面现在是什么情况。

我问跟过来的波奇。

“这个南原……是什么人？”

比我小七岁，却住着这么大的房子，肯定不是什么好东西。大概估算一下，这里怎么也有六百平方米了吧。不用说，肯定是有点来头的。

“他啊……是家房地产公司的社长。”

“喂，”我说，“你在胡说些什么啊。”

“你动动脑子好不好？在一个普通的社长家里，会发生这么激烈的枪战？”

尾上像做错事的小孩一样噘着嘴。

“那，您说他是什么啊？”

“我怎么知道。我要是知道还问你吗？”

不过我猜，十有八九是黑社会之间的火并。

在鉴别科寻找线索的这段时间，我在案发现场附近来回巡视，以此来打发时间。如果能发现犯人的话，这就不是白费功夫了。可这次的犯人极有可能是持有枪械的。说实话，我真不希望犯人还在这附近。

从事后来看的话，我这种担心真是杞人忧天。

到达现场已经有一个小时了，我们再次聚集到了一起。这时，警视厅本部的刑事科，团伙犯罪科的同事们也都赶到了。之后的破案主导权就交由搜查本部掌握了。

“本部的搜查一科出列。麻布警局的团伙犯罪对策部的出列……负责四丁目 1 街区到 2 街区的是田中和站在那边的那位，你们那是一区。四丁目 3 街区到 5 街区是佐藤和旁边那个人负责，你俩那是二区。然后……”

现在在分组的应该是刑事部搜查一科的副警部主任吧？还是警部组长呢？

“鲇川，你跟……跟那边那个大个儿一组。”

终于轮到我了。

那个叫作鲇川的人向我这边走了过来。细细的眉毛，瞪着个眼睛，大背头，黑西服，白衬衫，却没系领带，完全没有刑警的感觉，倒更像是个小流氓。

“走吧，大个子。”

对方是从总部来的，由于不清楚对方的警衔，我想，我还是别顶撞他为好。

“我叫矢部，请多多关照。”

一边走，我一边把名片递了过去。鲇川虽然看上去很不耐烦的样子，但还是递给了我一张他的名片。

借着灯光，我拿起名片一看，上面写着警视厅团伙犯罪对策部，第四科第二暴力犯搜查第七组，负责主任，鲇川五郎。警衔是比我高一级的警部主任。好在刚才我没顶撞他。顺便说一句，我们麻布警局团伙犯罪对策部第四科也是负责黑社会相关案件的部门。

他粗略地扫了一眼我的名片，就把它塞回到口袋里了。

“矢部先生，你今年多大？”

“已经四十九了。”

“哦……比我大三岁。”

什么嘛，原来是我的晚辈啊。

“你在麻布警局待的时间久吗？”

“今年是第四年。”

“一直做刑警？”

“是的。”

“你知道那个房子的主人吗？”

我刚才只问了下房子主人的名字的汉字是什么。

“我刚才听同事说，他是个房地产公司的社长。”

“就知道这点？”

这是瞧不起人吗？还是说只是单纯地想从我这知道点什么信息？

“……是的，我只知道这点儿。”

他用鼻子“哼”了一下。果然是有点瞧不起我。

“刚才的分组，都是按着总部出一个人，你们那出一个人这样的方式来搭配的。我觉得完全是在瞎胡闹嘛。只有自己熟悉的同事才能执行好任务，现在这么弄怎么行啊！”

果然这是个跟黑社会团体有关系的案件。而且，这个鲇川主任，似乎对于和我这种不太了解黑社会的人一起合作这件事，显示得相当的不屑。

他继续说道。

“听好了。我只说一次，你要牢牢记住。南原义男是三年前天洲会分裂出来的天洲会麻布组的老大。天洲会属于大和会奥山组的分支，大概是属于第三层吧，要不就是第四层……对了，你进过现场没？”

“没有。”

我怎么会有那种时间呢。

“那，连案件情况也不知道是吗？”

“是的，一点都不了解。”

又是一声冷笑。可这不能怪我啊，本部那边根本就没有向我们说明白嘛。

“一共死了五人，四男一女，重伤三人。虽然还没完全确认死者的身份，不过死的那五人当中，可能有一个是南原义男。那女的多半是他老婆南原悦子。”

鲇川忽然脸色一沉。

“……现场简直成了血的海洋。我好久没看到这么大场面的黑社会内斗了。这得是多大的仇恨啊。”

我心里说，事先调查，防患于未然，这不是你们团伙犯罪对策部应该做的工作吗？但这话肯定不能说出来。我只能委婉地试探着说：

“……事先就没有征兆之类的吗？”

鲇川歪着头想了下。

“我也听到点风声说，这阵子南原有点嚣张过分。是不是手头有了什么呢？”

“……有了什么？什么意思啊？”

鲇川突然就不回答了。是不知道答案呢，还是不想跟我说呢？

我倒是无所谓。

案件发生当晚的搜查工作一直持续到凌晨一点。接下来大家在警局里的武道馆里集合起来，汇报各自的情况。但也没有什么实质性的信息。关于被害者的情况，我了解的也仍然还是鲇川所说的那些。

第二天清晨，“麻布四丁目枪击案件特别搜查本部”正式在麻布警局五楼的大会堂里成立了。紧接着就在那召开了第一次搜查会议，参加人数超过了六十人。

“立正！敬礼！”

主持会议的并不是昨天案发现场的分组的那个人，而是一个看上去警衔更大的人物。可能是搜查一科的什么管理官吧。

“首先，所有被害人的身份已经全部调查清楚了，请大家边看刚刚发下去的资料，边听我说。第一个，南原义男，四十二岁，是位于代代木二丁目ACE房地产股份有限公司的社长。不过据团伙犯罪对策部的报告，这个公司背地里是大和会暴力团奥山组用来洗黑钱的地方。另外，南原义男实际上是天洲会麻布组的老大。希望大家留意这一点。”

资料上，“天洲会麻布组负责人”处，用红笔画上了一个圈。

“南原死在一楼的客厅里，身中七枪，致命原因是心脏处的两枪。从他体内所取出的子弹头一共有三种，均为九毫米子弹。第二人……南原悦子，三十五岁，是南原义男的妻子。尸体位于三楼寝室的床边。致命伤为从后脑所中的一枪，也是九毫米子弹。不过，跟打死南原义男所用的不是一支枪。”

这么说来，现场至少应该有四支枪。

“第三人，片山建司，二十九岁。死亡位置为一楼与二楼之间的楼梯上。这家伙中弹最多，一共是十一枪。推断颈部所中的一枪为致命伤。片山是南原义男的手下，隶属于天洲会麻布组……接下来，需要大家注意了。”

看大家往后翻了一页，我也跟着翻了一下。

“第四人，小林和贵，三十九岁。这个男的是原天洲会，也就是现天洲会中央组的二把手。他身中四枪，其中一枪击中心脏，死在客厅进门处。最后一个是横峰纯太，三十七岁，天洲会中央组，二把手的助手。尸体位于玄关处，身中六枪，因失血过多致死。另外，有个叫柿本达矢的保住了一条命，三十二岁。大家从图中可以看出，柿本，小林，横峰，这三个人都属于天洲会中央组的人。”

也就是说，是天洲会内部的矛盾问题吧。

“还有两人。本村龙二,三十一岁。金田铁平，二十四岁。目前两人还在医院里，昏迷不醒。他们均为天洲会麻布组的人。现在，知道案发当时的情况的，只有柿本达矢了。”

说着，他向我们这边看来。

“关于天洲会中央组和麻布组之间的关系……鲇川先生，请你来给大家说明一下吧。”

我看了眼旁边。鲇川站了起来，又是一脸不屑的表情。看上去，像是在说麻烦死了，可我总感觉他其实是很愿意表现自己的。

“好的……天洲会是奥山组的老大奥山广重的手下田代荣一所设立起来的社团。大概在三年前，天洲会的二把手南原义男不知为什么，忽然跟田代闹翻了，想要脱离天洲会。于是，奥山广重提议将天洲会分开。原天洲会改为天洲会中央组，老大是田代。新设立天洲会麻布组，老大则是南原义男。顺便说一句，虽然麻布组名字是这个，但实际他们的地盘大部分是在代代木附近。ACE公司也在此范围之内。”

那干脆叫“天洲会代代木组”多好啊？想到这，我觉得自己还是不了解黑社会啊。

“之后，我们推测中央组和麻布组都是直接把钱交给奥山组。另外，最新的情报得知，奥山最近比较器重南原义男。而田代和南原因为争位，由原本的上下级关系，变成了平级。而南原现在则成为了奥山的直属手下……想必田代会感到很失落吧。”

他刚一说完，下面就有人马上插了一句。

“鲇川先生，请你不要将个人看法带到案件中来。”

“……抱歉。但我觉得很有必要立刻传讯田代荣一。这案件直接涉及了他的二把手以及其手下，无论如何他都是难咎其责的吧。我……”

这时，主要负责人站了起来打断了鲇川的话。

“可以了。关于天洲会的情况，就先介绍到这吧。鲇川先生，辛苦你了。”

鲇川瞪着他。不，准确地说，是向上斜眼看着他。

“就介绍到这吧，鲇川主任。请坐吧。”

对方又强调了一遍。没办法，鲇川只好坐了下来，嘴里一直在不满地嘟囔着什么。

“……刚才鲇川主任后面的话，我们可以作为案件背景来理解。目前能推断出来的就是，中央组的三个人持枪闯进了麻布组老大南原的家里。不过，有一个地方有点解释不清。”

负责人走向了他左手边的白板处。

“这个资料还没来得及复印，所以请大家都看白板……南原澪，九岁，私立白梅女学员初等科，三年级，是南原义男的独生女。但是，在案发现场却没发现她的踪迹。”

我仔细看着白板。哦，原来是这个“澪”字啊。

“如果昨晚她恰巧在小朋友家过的夜，或者是去了亲戚家了，那还好说。可如果是闯进南原家的不只是小林他们三个呢？那澪就有可能是已经被绑架了。真要是这样，就不能单纯地只把此次案件看成是一起枪击案件来侦破了。但也不排除澪已经被害，尸体被转移到别处的可能性……但是，在现场留下了这么多具尸体，偏偏就把澪的尸体搬走，这又有点说不通。”

父母都被杀死了，绑架这个小孩子又有什么意义呢？算了，我才懒得多想呢。抓到犯人，一问不就知道了嘛。

鲇川想去负责传讯天洲会中央组的田代。可结果却没有随他的心愿，我们被派去负责保护柿本达矢了。

对此，负责人是这么解释的：

“传讯田代，我会交给别人去做。我主要想让你去巡视下，看看医院里有没有混进来的可疑人物，你不是最熟悉天洲会和奥山组的人了嘛。”

当然，鲇川又是一脸不情愿的样子。不过我倒是觉得这个理由挺充分的。传讯这个活儿，是个刑警就能做。不过证人保护这样的工作，必须是熟悉黑社会的人才能担当得起的。

不过，后来的事情却出现了点意外。

鲇川到了医院后，根本不按照命令去巡视，而是直奔柿本的病房区了。

两名警察拦住了他："您不能进去。"

结果他们都被鲇川打昏了。

鲇川拉开门："喂！柿本！给我起来！"

这是个能放下十张榻榻米的单间。柿本的脸朝着右侧正躺在床上，脸上贴着块纱布，不过头上没有缠绷带，应该是没受伤。可能是为了不让被子直接压在身上吧，白色的被子用支架支了起来，看上去就像一块鱼糕。据之前的资料上说，柿本总共中了三枪：左肩，右肋以及左腿。

鲇川站在他的床边。

"喂！睡什么睡！给我起来！"

真不愧是负责黑社会案件的。这种粗暴，真不是我们这些普通刑警能模仿得来的。

柿本抬起头，眼神中露出了一丝恐惧。

"……鲇川先生……"

噢。原来两个人认识啊。

"你知不知道现在都发生了什么？小林和纯太死于枪战，就你一个人活下来了。我不知道这事跟田代有没有关系，但奥山肯定不会原谅你们。如果你把事实都说出来，我们还能以教唆杀人罪将田代拘留保护起来。要是你打算死扛不说，那我就不敢保证田代的脑袋能留到什么时候了。奥山是绝对不会放过他的。你给我想清楚了！”

这时，刚才被打昏的两名警察恢复了意识，冲进了病房。

“……您赶紧住手。”

我也赶紧帮他俩说话。毕竟大家都是麻布警局的同事，我可不想以后被他们记恨。

可鲇川却不让步。

“喂！柿本！你们的目的到底是什么？不要告诉我没什么特殊的目的。现在的黑社会哪有弄出这么大动静的枪战的？话说回来，田代和南原闹崩了，也不是一天两天的事了，为什么偏偏在昨天你们动起手来？到底发生了什么？”

这问题问得很简单明了，但我反而觉得柿本很难回答上来。房间的门就那么一直开着，声音大得都传到了走廊上了。

“还有，南原的女儿哪去了？一个九岁的小鬼，难道是田代让你们把那孩子活捉回去不成？天洲会中央组的老大是个萝莉控吗？把孩子玩弄之后，然后再干一些拍录像带赚钱的勾当吗？”

这话有点太过了，柿本连眼睛都变色了。

“……鲇川先生。您这话说得有点太过了吧？”

“那你就给我一五一十全都说明白了。南原的女儿哪去了？”

“……我不知道。”

“你这浑蛋，还装不知道？”

“我是才知道，南原有个女儿啊！”

两人就在这争辩着的时候，又进来两名刑警。这下子，成了一对五了。这下，就算鲇川先生再厉害，也不得不被迫从病房里退了出来。

接下来，与其说是巡视医院，其实也就只是随便装样子走走而已。

根本没有可疑人物，这一天过得非常轻松。

晚间的会议中，最活跃的要数本部鉴证科的同事了。

“请大家看一下发下去的资料的第一张。”

这是南原家的平面图。第二张，第三张分别是二楼和三楼的结构图。

“小林、横峰、柿本三人从面对着案发现场的东边路口的卷帘门进入，玄关前挂着的防盗摄像头记录下了这一情景……不过，他们是如何打开卷帘门的就不得而知了。把自己家造得像要塞一样，还设置了防盗摄像头，这样的人会乖乖地给自己死对头的人打开卷帘门吗？怎么想也不可能。”

会不会是小林他们事先骗了南原，让他自己开的卷帘门呢？

“然后我们按照枪型、膛线、弹壳、弹痕以及尸体上的枪伤，做出了以下的推测……首先反应过来的是南原。他被小林从正面击中后，便朝着走廊左手边的客厅逃去。在小林追上去之后，南原开始还击。也许南原往客厅逃跑，就是为了去拿手枪。于是，在客厅展开了枪战。然后柿本与金田各自加入自己的一方，现场成了二对二的局面。不久，小林被打死。南原也很有可能是同一时间死亡的。而横峰……”

这报告实在太长了。总之，他想说的并不是死了的那五个人的事，而是活着的那三个人，在这起案件中起到了一个什么作用。因为，死人已经无法接受法律的制裁了。

南原家一楼的北边，有一处给小弟们休息的房间。案件发生时，本村龙二可能是因为身体不好，而在房间里睡觉来的。然后小林他们打了进来，听到枪声的本村跑到了走廊里，正好被撞了个正着的柿本开枪击中，子弹从他左眼进入脑内，所以直到现在仍然是昏迷不醒。

不管之前发生了什么问题，就这件事来说，本村只是一个受害者。

因为没有从本村的手上和衣服上检测到火药，可以得知本村甚至没有开过枪。作为混黑道的来说，他也许是个十足的胆小鬼。不过从刑法上来说，他确实是无罪的。

相反，罪行最为严重的则是金田铁平。他是第一个帮助南原进行还击的人，并且打死了小林。

然后他上了二楼，跟从三楼下来的横峰纯太撞个正着。两人经过一番枪战之后，金田心脏附近中了两枪，不省人事，虽然保住了一条小命，但目前仍然还处于昏迷状态。

我们推测，横峰从三楼下来之前就已经把南原悦子杀害了。因为据现场勘查，悦子是死在三楼寝室的床旁边的，脑后还被射中了一枪。不过发生了这么大的枪战，她是不可能听不到声音的，所以我们推测，她当时应该是绝望地站在原地而被活活杀死的。所以，横峰只用了一枪就让她解脱了。

但是，这有点解释不通。

"横峰身中六枪，倒在玄关处，但致命的一击是从他后脑打进去的，虽然也是九毫米子弹，但我们唯独没找到这支枪。更奇怪的是……我们从南原体内也找到了这支枪射出的子弹。"

一瞬间，我的脑子一片混乱。

横峰纯太是天洲会中央组的人，是袭击南原家的疑犯之一，可他和南原的尸体里为什么会有同一支枪射出来的子弹呢？难道是当天双方火并的同时，还出现了第三方势力？

不对。也有可能是谁在慌乱中把枪弄掉了，而这把枪又恰好被对方捡到。算了，没必要把事情想得那么复杂。现在，只要把注意力放在现场这把没有被发现的枪支身上就好了。

鉴证科报告完毕之后，便轮到了现场搜查科。

因为案发现场是黑社会老大的家，所以出现的情况都是比较令人感兴趣的。但最让人感兴趣的则是在现场找到的枪和毒品。

各种类型的九毫米手枪一共是三十七把，子弹大约有五百发左右，怎么看也不像是天洲会麻布组所装备的那种。我想这些应该是用于交易的吧。

另外，还搜查出两三公斤的毒品。据说可以卖到一亿四千万日元。可鉴证科的人说这只是些次品而已，估计卖不上一亿日元。但这也是一笔不小的数目啊。

忽然，我感觉自己这么认真地参加会议真的是好傻啊。

你想啊，现在在这个会堂里开会的人，比我年轻又有才干的，至少有三四十人，就算我再怎么努力，也不可能做出什么成绩的。即使万一走了狗屎运，弄出了点成绩，估计也会被算到鲇川身上。

啊啊，我想喝酒。配着烤鱼和关东煮，来上那么一小杯。

之后我们被分配去寻找线索。鲇川仍然对自己的工作很不满。

“为什么不让我去审问田代？凭什么让搜查一科的那帮瘦得像豆芽一样的家伙去？”

“那肯定是因为你动不动就喜欢使用暴力的缘故啊。”当然，我可没把这句话说出口。

然而……

案件发生后的第六天，我俩突然接到了上面的通知，说是幸存者柿本达矢只想和鲇川先生讲诉案发当天的情况。

于是我俩赶紧往医院跑去。

今天值班的警察看见我俩后，也不再阻拦，帮我们把门打开了。

"……你小子！都现在了，你才想到跟我说吗？"

好不容易人家要找你说话，哪有你这种态度的啊。不过这种方式，对于柿本来说，好像已经很习惯了似的。他看了看天棚，老实地点了点头。

"鲇川先生。我老大……田代老大，他没事吧？"

自己都这样了，还惦记着自己的老大，真有点让人感动啊。

"目前看来还没什么，奥山那边也没什么动静。不过等警局的调查结束后，应该会对他采取点措施吧。"

柿本的脸上浮现出了痛苦的表情，眼看就要哭出来了。

"这次的事情……跟田代老大一点关系也没有。"

鲇川冷笑了一下。

"……就算如你所说。但身为他手下的你们搞成了这个样子，他也难咎其责。那我问你，你们用的枪是哪来的？为什么要袭击南原的家？南原三年前和田代解除了上下关系后，到底发生了什么？你能把这些都说明白了，你们老大才有可能没事。"

原来面对这种有黑社会背景的犯罪嫌疑人，就是要利用他们之间的兄弟情义，为了不让自己的老大有事，而自己坦白。但事先也是要做好很多准备工作的。比如说谁对谁唯命是从，谁和谁面合心不合等等。不把这些弄清楚了，你就算说破嘴皮子也不可能得到有价值的信息。

柿本已经完完全全掉进了鲇川安排的坑里去了。

“我知道了……鲇川先生。我会把知道的全部都告诉你的。”

鲇川点点头，拽过去一把圆椅子坐下。我也拽过一把圆椅子，坐在了鲇川的身后。

“大哥们都死掉了，既然事已至此，我什么都说……大概从半年前开始，横峰大哥就开始计划这笔买卖了……在三个月前，他顺利地将这批货买了进来。但是由于仓库出了点问题，不能使用，所以横峰大哥就去找小林大哥商量了。小林哥很痛快地答应把仓库借出来给他。那里也屯放着小林哥买进来的手枪。”

至此，事情的轮廓已经开始慢慢清晰起来了。

“那里是天洲会刚成立一年的时候，小林哥所使用的仓库，所以南原那家伙知道它的确切位置也一点都不奇怪。可是开始的时候我们却没有想到这一点……因为都用了两年了啊。而在此期间，放在里面的东西一样都没少过。可谁承想，这次的武器和毒品却丢了个精光……大哥他们完全没察觉是南原指使的。”

“那后来怎么就察觉了是南原干的呢？”

鲇川从怀兜里掏出香烟，问柿本抽不抽。柿本愣了一下，然后边道谢边点着头。鲇川叼着烟点着了火，然后递给柿本。柿本用右手接过烟，狠狠吸了一大口，又美美地吐了出来。我真担心烟味会飘到走廊里而引起护士的注意。

“不是察觉，而是知道了……因为一个告密电话。”

“告密电话？谁打的？”

柿本闭上眼睛，又吐了一口烟。

“……是一个叫作亚希的年轻女孩子。”

我头一次听到这个名字。

“是谁接的告密电话？”

“是我……因为她的电话打到我的手机上了。我也不知道她为什么会偏偏打给我。”

“那家伙什么来路？”

“听说是最近南原开的店里的一个陪酒女，经常陪着南原，渐渐地就和他们熟悉了。”

“可她不是女的吗？怎么会加入黑社会的？”

“是的……但感觉就像他小弟一样。我有事会跟踪监视南原，基本都能看见那女的黏在南原身边。”

鲇川问他那女的长什么样。柿本回答说是很精致的典型日本美女。梳着娃娃头，大概在二十岁左右的样子。

“这么年轻啊。”

“嗯……我也觉得很是很奇怪。不过正因为是她的话，所以我觉得还是可以相信的。”

“你怎么就知道打电话的就是亚希？”

“因为我给她又打电话了……而且是暗中监视着打的。那声音，嘴型，长相，我都确认过了。”

“没有照片吗？”

“这个……我没拍过照片。”

鲇川接过柿本的香烟，掏出自己的便携烟灰缸，往里面弹了弹烟灰。从来没见他这么贴心过。

他笑了笑又问道。

“……那她是怎么说的？”

“……她说南原有个据点位于南麻布二丁目的一个叫‘奥巴斯南麻布’的公寓里。306 室，那里放着偷来的枪支和毒品。”

南麻布二丁目，奥巴斯南麻布。这名字好像在哪听过。

“然后你们就相信了？”

“也不是。但是……之后我监视了南原好几天，确实是南麻布那里最可疑。”

鲇川又给柿本点了一支烟。

“这样啊……你觉得那里最奇怪。然后呢？发生了什么？”

“……然后我就如实报告给了横峰大哥。之前横峰大哥为了那批货，东奔西走，到处筹钱。说实话，那批货一丢，横峰哥都快急死了。小林哥也觉得自己有责任，嚷嚷着绝对要把那批货重新取回来。”

鲇川让柿本再多抽两口。实际上，柿本抽完烟才能清醒地复述之前事件的整个过程。给我的感觉，这香烟就像是加入了能让柿本坦白的药剂一样。

“……但等我们去了之后，那里除了两三个空的纸壳箱子以外，竟然是空空的一片。货也好，人也好，毛都不见一根。大哥马上火了起来，把我给揍了……接着，我又打电话给亚希，我说你他妈是不是逗我呢？结果她告诉我之前的情报出了点岔子，南原现在已经把货都转移到自己家里去了。”

事件终于明了了。

“所以你们就立刻去袭击南原家了？”

“是的……”

“没想过会遭到反击吗？”

“是的……不。脑子里也想过。但总觉得已经不能后退了。”

“怎么不叫更多的帮手呢？”

“……您说的是啊，可我们……”

这帮家伙果然是够笨的了。

“对了，我问你。是谁给你们开的卷帘门？”

“是亚希。我给她打电话叫她开的。”

“那也就是说，你们进去后，亚希也在那？”

“嗯……应该就是她。可我没看见她。”

我忽然间想起之前的一个疑问。

“……鲇川先生，耽误你一下可以吗？”

鲇川回过头来，眼神还是那么吓人。但其实他并不是在生气我打断他。

“干吗？”

“你们是怎么从南麻布那个公寓直接去南原西麻布的家的？”

其实，本来我是想让鲇川先生帮我问的。

“我们是坐横峰大哥的车去的。”

“车型是什么？”

“是皇冠马杰斯塔……珍珠色的。”

现场并没有看到这样的一辆车。

“谁开去的？”

“是横峰大哥。他们说我车技不好，尤其是这种房车，不让我开。”

我又问了车牌号。柿本也说得很清楚。

“……那，最后拿着车钥匙的是谁？”

“也还是横峰大哥。”

我模糊地记得，在横峰的尸体上并没有搜出车钥匙。

到底怎么回事？

“……矢部先生。”

从医院出来的路上，鲇川突然叫住我，他一改以往的态度。

“我已经受够了这跑腿的任务了。刑事部的那些家伙对我也指手画脚的，我不干了……所以呢，之后你也不必再跟着我了。我要自己去查查柿本刚才说的情况，也许能从中得到什么有用的线索……矢部先生，你是继续跟我一起呢，还是回本部去打我小报告呢？回去我也不怪你，每个人有他自己的想法。”

怎么可能回去？都进展到这种程度了，就算我再怎么不上进，也不能让你一个人把便宜都占了啊。

“……鲇川先生，你也太小瞧我了吧，我也是堂堂男子汉。我陪你到最后。”

我不知道我当时的演技如何，但我看鲇川先生的反应还不算坏。

“抱歉哈……”

我微微一笑，抽了下鼻涕。

“这个案子结了之后，咱俩去喝一杯。为了我们的警察之魂……

干杯。”

说实话，我很久没听到这么让我后背发凉的话了，不过我仍旧狠狠地点了下头。

“话说，这个叫亚希的女孩子到底是什么人呢？”

鲇川也不知道。

多半是有人在玄关将横峰纯太从背后打死，然后又拿走了他的车钥匙并开走了那辆皇冠车。

“横峰的车牌号码，用N系统就能查出来吧。”

“没错。不过那样的话就得回趟总部，还要申请……有点困难啊。”

男人较起真来，也是很够呛的。

“……总之，我们先去南原的据点，也就是南麻布那的公寓去看看吧，这个线索是只有咱俩才知道，兴许能发现点什么呢。”

不用说，我自然是同意的。

就在下出租车的那一瞬间，我突然想起了另外的一起算不上案件的案件。

应该是半个月之前吧。在这附近停了一辆违规停放的车辆，交通科曾经一度联系车主，可得到的消息却是车主下落不明。因为当时我曾协助过相关部门询问过周边的情况，所以我对“奥巴斯南麻布”这个名字多少有些印象。

我看了下表，刚刚下午三点。

“鲇川先生，你等我一下。”

说罢我开始联系“波奇”。那家伙没有参加这次的案件侦查，应该还在局里的刑事科。

铃声响了三次。

“……您好。”

“喂！波奇！你现在在局里吗？”

“是的。您有什么事吗？”

“那就好……有点东西想让你帮我查一下。半个月之前，交通科不是让我们协助找一辆违规停放的车辆的车主来的吗？就在南麻布二丁目附近。那个下落不明的车主叫什么来的？”

“哦，您说那个案子啊，稍等一下啊。”

别看波奇那个样子，还算是一个很认真的人，所以那个案子他应该是记在了自己的笔记本上。

“……啊，找到了。我跟您讲一下，您听好啊。他叫青木久则，青年的青，木头的木，长久的久，法则的则。四十一岁。目前在经营一家私人侦探所。据说以前是一名警察……这个人怎么了？”

我说了声谢谢就挂了电话。

一种不祥的预感涌了出来。

现在，还无法将青木失踪案和南原宅枪击案联系到一起。但我感觉，这附近一带肯定发生过什么。

“我们走吧，鲇川先生。”

“喂，刚才你给谁打电话呢啊？”

我一边走着一边给鲇川解释。

奥巴斯南麻布这个公寓外面看起来还算可以，可里面却像是一所老房子。既没有电子锁，也没有监控摄像头。

我们来到了柿本说的那个 306 号房间门前。

“……那个侦探的失踪，跟这个案件有什么联系吗？”

“不知道。”我一边回答着，一边用戴着手套的手去拽那门把手。果然，没费劲儿，门就被打开了。

“进去吧。”

我先进了玄关。忽然我觉得一股干劲油然而生。这种感觉好多年没有过了啊。

房间里走廊尽头是卧室。虽然挂着窗帘，但是房间里还是有些亮光的。

“……什么也没有啊。”

的确，这房间里空空荡荡的，什么也没有。

这是个 2LDK 的房间。中间是客厅，摆着一座大沙发。一边的卧室里有一张床，而另外一边的卧室里却什么都没有。

房间里的壁橱，厨房里的吊柜，洗碗池，厕所和洗面台下面的柜子，只要是能看见的门，此刻都打开着。我隐约能看见横峰他们没有找到自己所要的枪支和毒品时的愤怒与沮丧。

“……这房间真阴暗啊。”

站在床边的鲇川，猛地一下子把窗帘拉开了。今天是阴天，所以并没有阳光。但房间多多少少还是亮堂了起来。磨得锃亮的地板上除了映出鲇川的身影之外，就是窗外的天空。

为什么我会在意这样的地方呢？

突然，我发现一处地板缝之间有点类似污垢的东西。

“这是什么呢？”

我蹲了下来。鲇川也单膝跪在了旁边。

我摸了一下那个缝隙。类似灰尘的东西，粘在了手套上。

“鲇川先生。难道这是……”

“嗯……应该是。”

应该是血。仔细一看，旁边，甚至再往旁边的缝隙里也都有同样的污痕。不过并不是很多。

“他们应该是匆匆忙忙地擦拭血迹，不过缝隙里的这些却没有注意到。”

难道南原在这里杀了人？

会是青木久则吗？

我们又糊涂了。

这南原一伙到底是想要干什么啊？

不对。南原他们应该只是想要钱而已。他单纯只是想要抢了横峰的毒品，小林的枪支，然后拿去卖钱而已。应该就是这样。

现在搞不清楚的就是那个叫亚希的女孩子，她是出于什么目的参与到这件事情中的？

本来是和南原他们走在一起的，那为什么又要给柿本打电话呢？她不仅告诉柿本被窃的毒品和枪支的隐匿场所，甚至在没有找到东西之后又帮助他们袭击南原的家。但最终却又杀害了横峰，并抢走了他们的车。

亚希的目的难道是要弄垮这两个天洲会吗？或者她会不会是奥山组的奥山广众派去的卧底呢？

“应该也就是亚希这个女人把南原滗给掳走了吧。”

应该是这样的。以现阶段来看，这么想是最符合情理的。但是绑架南原的女儿和搞垮天洲会，这两件事怎么能串在一起呢？

亚希的目的到底是什么呢？

之后，我们去造访了南原位于代代木的ACE公司。我想应该在那里能得到些什么线索吧。

顺便说一句，刑事搜查中有一个大家都默认的规矩，那就是，绝对不能涉足别人的搜查范围。但这里今天应该是安全的。因为今天是搜查的第六天，最开始负责调查这的同事们都已经去查别的线索了。

在一楼的前台，鲇川给对方看了警察证，说要找这个地方的管事的人，对方说，一会儿副社长就会来接待我们的。

我们来到六楼走廊的尽头，一个叫石野的副社长正坐在办公室里等着我们，他看上去不像是个混黑社会的，而更像是个规矩的生意人。

“你们有什么想问的，请随便问。只要是我知道的，我会全都告诉你们的。”

于是我们详细地进行了询问。当然也问了有关亚希的情况。一开始他好像没反应过来，等我们描述了一会之后，他才反应过来说：“哦，你说的是那个女孩子啊。”

“你们说的应该是‘西来奴’俱乐部里的那个女孩子。黑发，长相就像是日本的玩偶。”

知道这些就已经足够了。

然后我们立刻查了下那家俱乐部的地址和营业时间，晚上八点开门的时候就迫不及待地跑了过去。从外面看，这里跟普通的夜店没有什么区别。

鲇川揪住一个站在门口的黑衣小哥，命令他带我们去办公室。我的呼吸有点急促，事情越来越明朗了。

一个看上去四十多岁，矮矮胖胖的男人自称是店长。

“亚希？……啊，亚希啊。她来了没多久就走掉了……二位请坐。”

“我们对她辞没辞职不感兴趣。”

我和鲇川并排坐在了一个不是很大的沙发上。

“她和明日香的关系很好。”

“哦。那，能把那个叫明日香的女孩子叫来吗？”

不一会儿，明日香来到了这里，打眼一看也就三十岁左右，算不上年轻了，但是个子很高，身材也不错，下巴稍稍凹陷，也可以说是一个美人了。她的到来多少让这个狭窄的事务所变得不是那么窄了。

“……你们问亚希是吧？她可是南原跟前儿的红人呢。”

“听说也是个大美人呢。为什么辞职不干了呢？”

“她隐藏了自己的真实年纪。化完妆根本看不出来，可卸掉装之后，明显是个中学生的样子。”

怎么回事？

鲇川瞪了一眼店长。店长显得很尴尬。

明日香继续说着。

“不过这孩子有点奇怪呢。要不是南原死了，我现在还不知道该不该说这件事呢……那孩子拜托我，叫我去锦系町的侦探事务所委托私家侦探做调查。让我不明白的是，她竟然叫我去委托侦探调查南原出轨的事情。”

私家侦探。我感觉天灵盖让人猛地打了一下。

“等下。你说的那个侦探，是不是叫青木？”

没想到我这下意识地一问，竟然把明日香吓了一跳。

“是，是的。我记得那家侦探事务所就是那个名字。”

鲇川皱起了眉头。

果然。

终于，事情开始串成线了。虽然还不确定最后具体是什么情况，但大致的轮廓都已经出来了。

鲇川问。

“你有没有亚希的照片？”

明日香回答他说店长那里有。

店长打开办公桌的抽屉，拿出一本文件夹开始翻了起来。然后递给鲇川看。我也探过头去。只是普通的简历而已。

“还真挺像日本的人偶呢。”

再多说一句，就凭这张脸，就能让店长放进来工作。不过怎么看也只有二十岁左右啊。难道化妆技术真的是那么好吗？

在姓名栏处，写着“山本亚希子”，住址是东京都小金井市贯井北町七丁目。

“给我复印一下。”

“好的。”

店长拿着文件夹走出了事务所。

明日香为了让店长出去，也站了起来，然后就那么抱着肩膀靠在了墙边。裙子开的衩很高，能看见腿上的皮肤，举手抬足都显得那么性感。

“对了……还有件事。”

还有她那沙哑的嗓音里，也透着那么一股子媚气。

“我刚想起来……那个孩子从刚来的时候就开始给南原暗送秋波……你可千万别告诉店长啊。现在想起来有点后悔，有一次，我跟南原说亚希隐瞒实际年龄的事情，实际上这个店的老板就是南原……结果第二天，南原就把亚希叫了出去，之后亚希就辞职不干了……我想南原肯定是生气了，就把亚希给解雇了，太好了！可谁知道，之后的发展竟然是，她和南原的关系越来越好了。总之这场争斗中，我没捞到任何好处。”

鲇川冷笑了下。

“……你不是跟亚希关系很好吗？”

“……是不错。但是，刑警先生，你要记住，女人和女人之间的友谊里，是掺杂着忌妒与背叛的……”

那事跟我没关系。现在重要的是，我们得到的信息是是亚希主动接触南原的。

但是，她的目的是什么呢？

我们正从俱乐部大门出来，鲇川的手机就响了。他稍稍地思量了一下，最后还是接了起来。

“……喂。”

你现在在哪？为什么不联系局里？你不参加会议，至少也应该汇报一下进展吧。

我并非是侧耳过去听的，但是声音大到我这里都听得到。但此后，对方的声音一下子就低了好多。鲇川的表情也是多云转阴。

“到底怎么回事？”

对方好像还在说着，鲇川也只是一直在点头。说着说着，鲇川忽然说了一句“那车型呢？”我猜不出来这到底是什么情况。

“我知道了，马上回去。你说什么呢啊？我们正在回去的路上呢。”

鲇川将电话挂断放在怀兜里。还没等我问是怎么回事，他就开始解释了起来。

“……负责横峰信息的同事们没有找到横峰的皇冠车，于是就用N系统查询了一下，结果发现那辆车在神奈川县相模市内的山道遇到了点情况，现在就被停在了那。从现场判断来看，车祸发生的时间是南原家枪击案件发生后的五个小时左右，并且还听说从车里发现了大量的血痕。”

有血痕，那也就是说没有尸体。想到这，我发现了一件有趣的事情。

我现在，竟然希望亚希能够活着。

回到现场后，也不知道鲇川是怎么了，他竟然一反常态地跟上级汇报了关于亚希的事情。看到搜查一科的管理官，以及我们局的刑事课长等人惊讶的表情，我多少有点开心。

“……照你这么说，杀死横峰，夺车逃离现场的就是那个山本亚希子咯？”

“是的。不过我认为这是个假名，因为这里写的她的住址小金井市贯井北町七丁目就是个假地址……我以前分配在小金井，贯井北町，最多只有五丁目。这不是胡扯嘛。恐怕学历什么的也全都是假的。”

各个搜查小组的报告都已经做完了，以后也不会再开这样正式的会议了。现在大家正在等待着去神奈川县相模警察局同事那里的报告，据说他们是去调查车里所发现的血迹的DNA鉴定结果去了。

下午四点左右，办案人员拿来了南原义男和南原悦子的血液样本。

如果DNA鉴定结果显示车内的血痕与南原夫妇相吻合的话，那么就可以证明南原澪确实是被亚希带走了。

这是一个漫长的夜晚。

麻布警局大会堂里的所有人都在等待着桌子上的电话响起。

突然，电话响了。不等响第二声，管理官就拿起了听筒。但是他却摇摇头，大家也跟着叹了口气。就这样，反反复复接了好几个电话，等来的都不是有关鉴定结果的通知。基本都是和办案相关的一些报告。估计管理员们现在都快急死了，就差扯着嗓门大喊：“别什么事情都打电话来！”

夜，都已经过去一大半了。有关鉴定结果的电话终于打过来了。

“好的，明白了……什么？”

怎么了？管理员话说到一半，张着嘴愣在了那里。直到挂了电话，他一直只是“哇、啊”地答应着。

他放下听筒，看着在座的各位。

大家都在等着管理员接下来的话。

可是管理员没向大家说明，而是指了指鲇川。

“……过来下。”

他用两只手示意鲇川过去。

“好的。”

鲇川站了起来，继而对我说，你也过去。不知道他是因为害羞，还是因为终于意识到了团队合作的重要性，反正这次他看上去并没有恶意。

我俩一起走向管理员。鲇川侧耳过去：“您有什么事？”管理员为难地地看了看他，又看了看我。

“鲇川啊，你真的一点不知道那个叫亚希的女孩子的情况？”

“是的，不知道啊。怎么了？”

“你是不是知道点什么，故意隐瞒了？”

“怎么可能啊。”

管理员“哼”的一声，然后又用似笑非笑的表情来回看着我俩。

“……刚才的报告里全都写了。”

“鉴定的结果显示，副驾驶位置上的血液是南原澪的。严格点说，南原义男是她父亲，南原悦子是她母亲的可能性在 99% 以上，但是……”

他顿了一下，咕嘟地咽了口吐沫，好像要吊人胃口一样。

“……从驾驶席上提取的血液，在遗传上属于南原义男的孩子。”

什么？鲇川几乎呆住不动了。跟刚才管理员接到电话时的表现几乎同出一辙。

“……这究竟是怎么回事？”

“很明显的事情啊。开着横峰的车，在相模原市内肇事的人，身体里流着南原的血……还不明白吗？这个人跟南原悦子却没有血缘关系。

所以，如果说偷车逃走的那个人是你们所说的亚希的话，那么她就是南原义男的亲生女儿，是南原澪的同父异母的姐姐。”

亚希，难道是你亲手将自己的父亲……

独静加

今天是个大晴天。

我一边感慨着天气如此之好，一边看着被头顶上的国旗所遮挡下的一望无际的天空。

虽然已经是十月份了，可站在阳光下，仍旧会被热得满头大汗。所以此刻观众席上的家长们，大多数都穿着半袖T恤衫并戴着帽子。

我并没有像平时一样穿着西服，而是将外套脱去，只留一件浅蓝色的衬衫。还特地戴了一副大框的墨镜。当然，这是为了不让别人看清楚我的目光。

在校舍二楼阳台的围栏处立着一块比分板。六年级的短跑比赛，目前的比分是72∶68，红队领先。

我悄悄地按下了藏在口袋里的无线电的通话按钮。

“……风出现了吗？”

“风”是本次行动中我们对这个小学一个叫作佐川唯的女学生的代号。

“……目前还没。”

手下的三个组都传回来了相同的回答。

“那树枝呢？”

“树枝”则是我们队佐川秀行和他父母的代号。

“……也没有摇动。”

终于进入了今天上午的最后一个环节——三年级和四年级学生的自编舞蹈节目。一群小朋友手拿着五颜六色的彩球，神采飞扬地走进了比赛场地。

就像今天的天气一样，眼前的这幅画面明明是这么的美，可我却感到了一丝讽刺的意味。

我有一个正在上大学的二十岁的女儿，在过去的日子里，身为刑警的我几乎没有时间去参加她的运动会。从小到大，如果硬要查次数的话，恐怕连一只手都用不了。而现在呢？平常连老婆拍的女儿的运动会视频都没时间看的我，却不得不因为工作的原因在这里参加一个素不相识的孩子的运动会。

突然，插在耳朵里的耳机“嗡”的一声响了起来。

“……老师出现在了保健室门口。”

这是第一次跟我组队的一个女巡查部长的声音。顿时，我原本伤感的心情一下子被吹得无影无踪。

所谓的“老师”正是我们对嫌疑人的指代。

“红队，保健室前集合……”

算我在内的八个人，事前被分为了两组，现在其中一组正朝保健室的方向挺进，而我也几乎在接到命令的第一时间就朝那里奔去。

我们绕过兼作主席台和观众席的帐篷。帐篷的右侧种着几棵樱花树，而樱花树的树荫下面仍然是观众席。

“不好意思……借过一下……”

我们小心翼翼地穿过人群，能落脚的地方实在是非常有限。所以即便是很小心，但还是会时不时地踩到地上不知道是谁脱下来的鞋。今天前来参加运动会的家长也太多了吧。

“老师戴着一顶大檐帽子，和一副太阳镜。”

但人真的是太多了，站在我的这个角度，真的是连保健室的影子都看不见。可能是帐篷的旁边是个不错的摄影地点吧，所以我面前站满了拍照的人，根本无法继续前进。

“借过一下……”

我用手推开人群，终于走到了退场的出口处。这边也有一群家长在拍照。这时，有几个真正的学校老师在扯着脖子喊：“学生要退场了，请大家让出一条通道来。”

保健室门前有一处饮水池，那有我们的一名搜查员。

我顺着她的目光看去，在校舍的出口处，的确有一名戴着大檐帽子和黑太阳镜的女子，此刻正抱着胳膊在那里观看比赛。她穿着一件无袖衬衫，披着一件透明的罩衫，下半身是开衩白色紧身裙，脚上是一双高跟鞋。如果去掉鞋跟的高度的话，看上去她的身高应该有一百六十公分左右。这跟我们这边掌握的情况基本是吻合的。

“老师就在那。大家，都到齐了吧？”

组员们都纷纷回答说已就位。好像我是最后一个回答的。

我们继续朝着目标靠近，其中有三个组员装作若无其事的样子以包抄的形式朝嫌疑人走去。

我摘下太阳镜，试图确认嫌疑人的长相。

资料上所显示的年龄是二十九岁，不过面前的这个人看着要比那年轻。她长着细细的鼻梁，薄嘴唇，白净的脸庞，一看就让人想到日本的人偶。确实跟佐川秀行所提供给我们的照片上的人酷似。我继续向她靠近，确认她左脸上有一颗痣之后，我决定前去试探试探她。

脸上有痣。太阳镜后的眼睛也又大又敏锐。没错，就是她。

“请问……您是佐川真琴小姐吧？”

我跟她四目相对。看到她脸上肌肉一紧。

她左右看了一下，扭头便跑。可是，却被在身后的同事挡住了去路。

我从口袋里掏出警察证，以一种尽量不引人注目的方式向她展示了一下我的身份。

“……请不要挣扎。我们也不想闹出什么动静。你应该为你的女儿想一想，我想她应该不知道你今天会来这里吧。”

如果她不听劝告的话，我们就不得不现场出示逮捕令了。不过她并没有反抗。嫌疑人佐川真琴，微微地点了下头。

我按下无线通话器的按钮。

“我们找到了老师。把车从正门开到侧门来。”

我们等了一两分钟，这期间，真琴什么也没问，什么也没说，只是看着前面流动着的人群。遗憾的是，那里面并没有佐川唯。

车到了侧门。

"您……愿意跟我们去一趟警视厅本部吗？"

真琴又一次点了点头，在女搜查员的催促下，走向校舍的侧门。

我们穿过放着鞋柜的玄关，来到了侧门。因为楼挡住了阳光，所以这里比赛场上凉快了不少。

很快搜查警车开了过来。就在我们马上要上车的时候，无线电响了。

"主任，风有情况。"

风……佐川唯吗？

不好，要出事！

连我在内，一共有四个人看押着真琴。现在一个人去开车，所以，校园里就只剩下三个人了。此刻没一个人在佐川唯的周围。

"风怎么了？"

"现在正往你们那去呢。"

难道被发现了吗？

我用力推了真琴的肩膀一下。

"我们快点走。"

我们走下水泥台阶，快速地穿过大门。警车的后门已经打开了。我把真琴推进了车里。副驾驶上还坐着一个人。

大家都迅速坐进车里，关上了车门。

"赶紧开车。"

不管这个真琴是什么样的女人，我们也不能让小孩子看见自己的母亲被警察带走。

驾驶席上的搜查员回答了声“明白”以后，便马上踩紧了油门。还好前面是黄灯，车子勉强冲了过去。

不过为了确认一下路况，我回头望了一下后车窗。谁知这一下却让我看到了最不想看到的一幕。

车后的马路上，一个身材纤弱的女孩子跑了过来，她拼命地追赶着车子，由于跑得太快，只见她头上垂下来的辫子一个劲儿地晃来晃去。在她后面追赶的搜查员看上去差点就要摔倒了，可能是被这孩子挣脱后的惯性吧。

开车的搜查员也看着倒车镜。

“别管她，快加速。”

就在我说完这句话的瞬间。

佐川唯跑到了十字路口……

警视厅本部二楼。

当我们处理完抓捕时所发生的突发事件，赶到真琴所在的审讯室时，已经是下午三点了。

当我推开门的时候，她看我的眼神就像是要把我吃掉一样。我当然知道是为什么，可仍旧装作没事一样把自己的名片递了过去。

“……不好意思，之前没跟你做自我介绍。我是警视厅搜查二科的藤冈。是负责这次案件的搜查主任。”

我顺便把站在她后面的女警也介绍了一下。她仍旧狠狠地看着我。

“我才不关心你是谁，唯她现在怎么样了？”

我点了一下头。

“……您女儿的事情，实在是出乎我们的意料。但是，请您放心。刚才医院的同事已经打过电话来了，说她仅仅是轻微脑震荡和擦伤而已。”

其实我现在所真正担心的是无意中被卷进那场车祸的一个路人，那个人现在的情况可不怎么乐观。万一出了点什么事情，那我们的责任就大了。但是，这是另外一回事了，没有必要让真琴知道。

等下。这个女人是否叫真琴现在还不一定。

“我们把你带到警察局里……想必你应该知道是因为什么吧？”

她不置可否，就那么一直盯着我。那目光中透露着强烈的怨恨，我就像中了魔法似的，感觉无法动弹。

“首先，请你说一下自己的姓名。”

她依旧不说话。

“佐川真琴，之前没结婚的名字是仲尾真琴。能跟我说说有关这个名字的事情吗？”

十秒，二十秒……

她眼都不眨一下。

“我们逮捕你是因为公证书的不实记载，说你伪造身份……你还可能犯有欺诈罪。”

还是一点反应都没有。

“简单点说，我们怀疑你盗取他人的名字和户籍，过着那个人所应该过的生活。”

她慢慢地闭上眼睛，又睁开，然后依旧是那种目光看着我。不过，那眼里的怨恨比刚才还要强烈。

“……这次的案件你是无论如何也掩饰不过去的。那个真正的‘仲尾真琴’的尸体，在涩谷中心街角落的一个漫画咖啡店里被发现了。她是死于吸毒过量所导致的心力衰竭。”

她张开薄唇，轻轻吐出了口气。一股香香的，女性独有的味道飘了过来。

“在那个女子的随身物品当中，我们没有找到任何关于她身份的东西。不过……在她包的底部，发现了一张旧的学生证，证明她以前是麻布女子学院短期大学的学生。从而我们找到了她的户籍所在地。我们联系上了她的父母，他们说在几年前就向警察局报案说自己的女儿失踪了……我们调查了一下，的确，世田谷警局受理的这个案子，并且失踪人口的名单上写着的名字，就是仲尾真琴！”

她一直盯着我，我无法跟她的目光对视。跟这样的人说话，我感觉格外地费力。

“……但是，当我们正准备申请死亡报告的时候，却发现了一件非常有意思的事情。仲尾真琴失踪后，跟一个叫作佐川秀行的男人结了婚，更名为佐川真琴。于是我们到佐川家去调查去这件事。佐川对我们说，他正和妻子真琴闹分居呢。当我们将真琴死亡的消息告之与他时，他大吃一惊，马上答应和我们去确认尸体。不过更有意思的是，佐川看到尸体之后，却说那不是自己的妻子。”

于是这起案子被交给了负责死亡案件的涉谷警局。但涩谷警局的人却将它作为盗用身份案上报给了警视厅本部，之后就由我所属的刑事部搜查二科特搜六组负责调查此事。

“尸体经过仲尾的父母确认后，说那正是自己的女儿，可佐川却说那不是自己的妻子。于是我们就让双方各拿出一张真琴的照片，发现那对父母所提供的照片跟尸体更为相似。此后，我们又做了DNA鉴定，其结果也跟他们很吻合。那么在中心街死掉的那个人才是仲尾真琴，而跟佐川结婚的则是另外一个人……以上是我们所得出的结论。”

这个女人的弱点，应该就是她的孩子。如果我可以做选择的话，我真不想利用这一点来对她进行讯问。

“那么……我换个问题问你。你是佐川秀行的妻子，佐川唯的妈妈对吧？”

单从佐川秀行提供的数张照片来看，就能断定这个事实。盗用佐川真琴身份的，肯定就是眼前的这个女人。可是，就连这一点，她都不想承认。

“那……请你配合我们进行指纹对比。”

终于看见她有点反应了。

“没必要……”

她一面说，一面轻轻地摇了下头。

之后，我们从她嘴里再也没问出来什么有用的信息。

我一直审讯她到晚上六点。从顺序上来说可能是正好反过来了，因为当我们以不明身份者将她正式逮捕的时候，我们连她的真实身份都还没弄清楚呢。

我将她的信息交给了三楼的拘留管理科，交接好手续以后，我便准备去四楼向系长报告情况。一边上楼我一边在想，到了办公室之后我该怎么向系长报告呢？正想着呢，突然后面有人在喊我。

“喂！你是藤冈主任吧？”

我回头看去，是一个不认识的男的，感觉他年龄比我稍微大点。

“我是搜查一科的木崎。”

我仔细看了下他的胸牌，上面确实写着“木崎信吾”四个字，他的警衔和我一样。不过，虽然都属于警视厅刑事部，却因为所负责任务的不同而在不同楼层里办公。所以能让我们彼此都叫得上名字的人，的确不是很多。

“是我，没错。有什么事吗？”

我示意一同前去汇报的部下先回去。他点了点头，便继续往前走了。

木崎冲我点点头。

“有事。其实我对盗用户籍，身份诈骗这样的案子很感兴趣……今天我听到从涩谷那逮捕了一个这样的嫌疑人，于是就过来了。”

顿时，我感觉自己表现出了一脸的厌烦。木崎可能察觉到了，所以便继续解释道：

“别这样嘛。涩谷中心街发现的身份不明女尸这件事，电视和报纸早都报道了啊。而且关于户籍诈骗的这件事，警视厅也都公开了啊，负责该案的小组不就是你们特搜六组吗？我看你一直都很忙嘛。看样子应该这两天就能结案了吧……作为一个警察，应该谁都能看得出来吧？”

我不清楚这个叫木崎的到底冲着什么目的来的，所以我没说话。

“不是说了，别那么厌恶地看着我嘛。我没打算打扰你办案。其实我是想帮你，才喊的你。”

这有点让人难以置信。这个男的有点奇怪。

“什么意思？”

“什么意思？如果你们今天逮捕的嫌疑人是我所知道的那个人的话，那我就可以告诉你这个女人的过去……就是这个意思。”

他真的知道那个冒名仲尾真琴的女人的过去？

“……你说的是真的吗？”

“前提是你们抓到的这个女的是我所认识的那个。”

“你认识的那个女的是什么样的？”

“这……”

他故意很为难地皱了皱眉头。

“我不能告诉你。至少在你把她照片给我看之前，我是不能告诉你的。”

好，既然你这么说了。

“……就是这个人。”

我从手中的文件夹中拿出一张从佐川秀行那借来的照片的复印件。这是一张他们一家三口在东京迪士尼乐园拍摄的照片，照片上的唯比现在小很多，看上去拍了有三四年了吧。

那个被叫作佐川真琴的女人，在照片的右侧幸福地笑着。她和秀行把唯夹在中间，向前弯着腰。应该是一个路人给他们拍的吧。

“是你认识的那个吗？”

木崎点点头。

“嗯……有点像。毕竟我没直接跟她见过面。但我会帮你的。给你说说她的过去。”

他从口袋里拿出记事本，开始写了起来。

浜西辰。东京都台东区千束一十三，春菜庄。后面还写着一个座机号码。

写完后他撕了下来，递给我。

“到这里去，去找这个女人问问。虽说是女人，不过是一个将近八十岁的老太婆了。”

说完，木崎冲我挥了挥手，转手走掉了。

这动作并非是得意的表现，在我看来，反而有那么点些许的寂寞。

我立刻给浜西辰打电话，她说她第二天上午都有时间。我跟她约了十点半，然后挂断了电话。

第二天，我带上一名部下，赶往昨天木崎给我的地址。用手机查了查地图，发现最近的车站是入谷。从霞关站坐日比谷线都不用倒车，太方便了。

那离车站步行也就七八分钟。春菜庄是一个位于胡同深处的木制旧公寓。不对。与其说它是公寓，倒不如说它更像是以前 20 世纪七八十年代电视剧里的合租房。

模糊的玻璃上写着“春菜庄”三个字。进去之后是一个公共的玄关。木制的地板，左右放着鞋架。走廊的深处有些阴暗。通往二楼的楼梯很陡，上面的油漆已经剥落了，还有一些裂缝，甚至有的地方还坏掉了。

“有人在吗？”

我问了几遍，都没有人出来。好在跟我一起来的手下发现了门口的门铃。按了几下之后，位于走廊里最深处的一个房间门打开了。

一个人影出现了。慢慢地往我们这边走来。

“……原来是巡警先生啊。”

我是名刑警，而并非是巡逻检查的巡警。但以她的理解，两者应该没有什么区别，所以我也没去纠正她。

“我是警视厅的藤冈，之前给您打过电话的。”

“嗯，对。你是藤冈先生啊。进来说话吧。”

“打扰了。”

这个人，也就是浜西辰，把我们让了进去，指了指鞋架。看样子，来这里的客人都要在这里脱鞋。

走廊里散发出旧建筑物所特有的腐烂气味。跟霉臭还不一样，可能是灰浆墙壁的气味吧，要么就是从地板下发出的土腥味。

进到辰的房间里，又有一种别样的强烈臭味。

酱油，白糖，酒，烟，各种腐臭。恐怕还有上岁数的人身上那种独有的体味。

“屋子有点小，别见怪啊。请坐吧。”

屋子的格局是厨房外加一个六席大的房间，隔扇的后面也许还有一间。如果那间是辰的卧室的话，那这里就是她主要的生活空间了。

我们按照她说的，坐在了壁炉桌的四周。我的身后是茶几。左手边是一堆箱子和电视，都快把这房间里唯一的一扇窗子给挡死了。桌子上有一个小暖炉，和一个油腻的电视遥控器。

辰从冰箱里拿出一瓶绿茶，给我们倒了两杯。说实话，我对那杯子的干净程度真是不敢恭维。

“……不好意思。”

辰坐下后，出人意料地叼起一根女士香烟，开始吸了起来。

“……你们想知道些什么？”

我把那个女人的照片拿出来，递给了辰。

“有个警视厅的搜查员跟我说，你可能认识这个女人。所以我就来问问你。”

辰接过照片，戴上挂在脖子上的眼镜，皱着眉仔细地看着。

“……都长这么大了啊。我不敢说绝对是她，不过……嗯，应该就是她。我认识她。”

“您还记得她叫什么吗？”

“嗯。她叫亚希。山崎亚希子。”

“你们是什么关系呢？”

“她原先在我这住过。和妹妹两个人。”

我感觉心脏动“怦”地猛跳了一下。

“这是什么时候的事？”

“我想想啊……应该是十几年前了吧。”

“您能把登记本上的信息给我们看看吗？”

辰像看着白痴一样，嘴角咧着嘲笑着我。

“那种东西，十几年前就不用了。知道为什么吗？这么破的房子，来住的都是暂时的，说不定什么时候就不见了的人，你怎么可能要求人家提供个人信息呢？所以我只是每个月收两万五千日元而已。来的时候就跟她们说好，没钱交房费的话，我就把行李处理掉。说白了，就是廉价的月租房。”

没办法。住宿时间回头再想办法吧。我继续问道。

“是个什么感觉的姐妹呢？”

辰摘掉眼镜，把照片还给了我。

“我想想啊……那是一个下雨的夜晚。一个打扮新潮，撑着把红伞的女人，领着一个小女孩，到我这找地方住。可能是从哪听到我这里提供房间的消息的吧。我对她们说，我这不要押金，不要保证人……只要每个月交两万五千日元，想住到什么时候就住到什么时候。”

像是在感觉烟油的味道，辰来回舔着那毫无颜色的嘴唇。

“……开始，我以为她是一个年轻妈妈呢。但是，女人啊，来月经之后就可以生孩子了，我并不觉得大惊小怪。这附近不是有个吉原嘛，那里没父亲的孩子我见得多了。”

顺便说一句，吉原并不是一个正式的地名，至少这边没有叫吉原的地方。我想辰所说的吉原应该就是千束四丁目周围的SOAPLAND街。

“但我还是觉得奇怪。小的那个并没有喊那个女人是妈妈之类的，一直喊着亚希，亚希……对了，那个小的孩子叫澪。对对，亚希和澪。就住在那边。”

说着，她用右手朝开着的门外指了指。

“……那之后，有一天那个大的孩子，亚希，素颜就出现在了走廊里。我吓了一跳，那简直就是一个中学生的样子嘛。虽然之前是化过妆的，不过这差别也太大了啊。化妆化得这么好，我不由得笑了起来。”

可能是错觉吧，我看辰的表情竟然比之前要温柔多了。

“她卸了妆之后的样子，跟那个小的孩子相像极了。我突然想到，她们两个人应该就是一对姐妹，并且是那种有过某种经历的流浪姐妹……亚希到了傍晚就把澪留在房间里自己出去上班，化着浓浓的妆，穿的牛仔裤把屁股包得圆圆的，经常跟我打招呼。”

她皱了皱眉。

“我没问她出去做什么工作。再说不用问我也知道。旁边就是吉原，那里可不管什么法律，照样会用隐瞒年龄的女孩子。况且，亚希的身材那么好。不管去哪家店，都会用她的。生意肯定会很好的……”

我点点头，端起水杯含了一口绿茶。忽然想问这个辰婆婆有没有家人。不过没好意思开口。

“渐渐地，澪对我也熟悉起来。每次在门口送走亚希之后，她就来我屋里跟我看电视啊，或者跟我去洗澡。有时我也会给她做点晚饭……也不是什么好东西，煮的蔬菜啦，鱼啦，都是些穷老太太吃的东西……但她每次都说好吃……可能她没怎么吃过家里面做的饭菜吧。因为亚希从来不给她做饭，净给她买一些汉堡包、方便面之类的东西。”

都没看到她上根烟是什么时候抽完的，她便又点了一根。

“但她也有好的地方。可能是澪跟她说了，她白天的时候，就会来跟我道谢。有的时候也会带着澪一起，那时，她就告诉澪也要跟我道谢，而且还要她鞠躬道谢。她俩都是好孩子啊……在我来看，就是像开在淤泥中的两朵莲花……”

我问辰婆婆，澪不去上学吗？

“哦……一般亚希去工作后，澪就来我的屋子，做一些汉字填空，算术题……遇到不会的时候就来让我教她。但是我觉得这总归不是太好，就对亚希说了，至少要让澪去上学啊。结果，亚希……”

她深深吸了一口，吐了出来。

“她说她也想让澪去上学……说着还哭了起来。说虽然想让她去，但是不能。还说，是她把澪从普通的生活当中带出来的。我就没再说什么，我也没资格说她们。”

我听到玄关处传来自行车刹车的声音，接着是“砰”的像箱子摔落地的声音。可能是邮递员吧。

“但你要说澪命苦的话，我还不那么觉得。因为每天劳累，所以亚希有时候会因为体力不支而病倒。每当这时澪就跟疯了一样跑到我的屋里大喊：婆婆，亚希要死了，亚希要死了之类的。其实不是要死了，只是高烧而已。问她怎么不去医院，她说没有医疗保险，会花很多钱……我也说过，我女儿在埼玉，可以借给她医疗卡。但她总说睡一觉就好了。”

她吸了一口烟，长长地叹了口气。

二楼楼梯里传来住户的脚步声。

“亚希很疼妹妹，澪也很喜欢姐姐……这附近住着个民生委员，也不知道从谁那听说的，知道这里有个没上学的孩子，就赶了过来……当然我得问问她为什么来。结果她说是担心孩子的生活状况啊，有没有受虐待啊之类的。之后我把这件事告诉给了亚希。我说不然想想办法，让澪去上学吧。她也同意。好像也认真考虑该怎么去做了……但就在这时……”

辰婆婆的声音忽然低沉了下来。

“发生了一件事。”

“什么事？”

“是这样的。来了两个看上去像是黑社会的人，拿出照片问我认不认识这个照片上的人。就像你刚才来的时候那样问我……照片上的是亚希。虽然化着妆，但是却照得很正式……应该是证件照之类的吧。

当然，我说我不认识。而且想要马上去告诉亚希，叫她赶紧离开这里。但是没来得及……就在我正想要去通知亚希的时候，她和那两个男的在走廊里相遇了。”

山崎亚希子是在被黑社会追杀吗?

辰继续说着。

“……那时候是刚过午吧。亚希和澪正买完东西回来这里。那俩男的发现后马上开始靠近她们。亚希把澪拽到身后……突然我就听到‘啪’的一声，就好像是塑料袋装满空气然后挤爆发出的声音一样。”

难道是……

“……紧接着，其中的一个男的就倒下了。然后又是‘啪’的一声。”

“是亚希开的枪吗？”

辰婆婆点了点头。

“我什么都没说，只是向亚希扬了扬头。亚希红着眼眶，向我鞠了一躬，拽着澪的手就逃走了……之后就没见过她们了。”

拿着手枪，还干掉了黑社会。这个山崎亚希子和她妹妹，到底是什么人呢?

“是我报的警。好在那两人只是肚子和腿受了伤，性命并无大碍。我给他们叫来了救护车。警察来问了我很多东西，我把所知道的情况毫无保留地都说了……也都不是什么要紧的。因为我也不知道她的生活状况，她的来历。因为亚希对于这些事情是很谨慎的。她不说也是为了不给我添麻烦……我能感觉得到的。”

辰婆婆就说到了这。

剩下半杯茶，我们跟辰婆婆告别，走出了门外。

我跟部下小声说，这里就是当初开枪的地方。

这是住宅区的一个狭窄胡同。被害人是两名黑社会的成员，而罪犯是带着小孩的女人。

等回到本部之后，应该能查到这起案件的具体发生时间吧。

但是，搜查二科回来后，股长突然说：

“藤冈，你，马上来一下第四会议室。不知道为什么，我突然觉得有点奇怪。”

虽然对他的反应我也感觉到很奇怪，但是还是按照他说的去做了。

第四会议室，是在一个大房间中的小会议室。

“不好意思，我来晚了……”

门一开，首先就看到的是昨天那位木崎警部补的脸。剩下还有四个人，他们在口字形会议桌的一角，我进去的时候，所有人都站了起来。

这里所在的每一位都是老刑警。有一位细长脸的，一位体态文雅的，一位身形高大的，以及一位眼神犀利的。这四位看起来都接近七十岁了。

细长脸的男子，向我走过来说：“我来自小松川警署，我叫大村。”

递来的名片上写着“警务科拘留系，巡查部长，大和村巳。”剩下的三人都是由大村来介绍的。

体态文雅的男子是伊东孝俊，原警视。

眼光锐利的是鲇川五郎，原警部。

身形高大的是矢部充，原警部补。

这三个人都是快到退休年纪的了，在他们的递给我的名片上，都分别写了他们所属的不同企业或团体的名字。

在大村的引导下，我们分别坐了下来。

“……这到底是怎么回事？”

我问道。

“怎么样呢？浜西辰那里。”

辰婆婆已经跟警察如实说过了关于山崎亚希子的枪击事件，也就是说，今天她和我说的内容，应该木崎早就知道了。

“是的。如您所说，我们要确保浜西所知道的女人就是山崎亚希子。”

一瞬间，木崎脸上浮现出很怪异的表情，但是又马上点点头。

“……正好藤冈主任也在，那我就按照顺序说明一下吧。”

另外的四个人也都点了点头。什么啊？这些人？

“首先从这位叫作山崎亚希子的女性的身份说起。她的本名叫作伊东静加……”

大村坐着，在后面的白板上写了几个字。

伊东、静加——

“……说起她姓伊东——”

体态优雅的男子，以一种奇怪的神态点点了头。

“通过户籍上显示她就是原警视伊东的女儿。”

在千东发生的对暴力团人员开枪的女人，竟然就是原警视的女儿，我震惊了。

“为什么，会发生这样的事情？”

“啊……但是，我要继续按顺序说。”

根据木崎的讲述，是这样的。

伊东静加在在十七年前的二月十三日，在小金井警署内，参与杀害了一位叫作小池基文的暴力团成员。当时的静加，只有十三岁。

“参与，是什么意思？”

“就是将已经遭受到枪击的小池基文的子弹再次刺穿……这样，这样说好吧？”

在这次案件中，因为开枪男子承认了自己的罪行，并已经被起诉，因此就没有明确指出此案和静加有关。但是，从那之后，静加就从家里失踪了。第二年的五月三十号，在西新警署管辖范围内，她再次参与了一起原暴力团成员的杀人事件。当时静加假借的是“泽田梢”这个名字。关于这些，都是从原警察官，后来做私家侦探的青木久则所遗留下的调查记录中找到的。

“为什么还有私家侦探？”

“是伊东拜托这位叫青木的人，寻找她女儿的行踪。但也许是这位青木跟得太紧，所以我们分析他也被静加杀害了，到目前为止，还没有找有尸体。”

无论哪一条消息都让人感到难以置信。但是，无论是哪个事件，静加都非常巧妙地把自己隐藏在事件背后。

“好，那个……这是把各处所搜集到信息综合到一起而形成的结论。”

木崎点了一下头。

“……就连我本人，当时也没有想到，事情会发展到今天这个地步。但是下面这个案件的发生，就让我把所有像谜团一样的碎片联系到了一起。那次事件是发生在十六年前的十一月的……南原邸事件。”

记忆中还有那次案件所留下的阴影。

“那个，不会就是在暴力团成员在自家住宅中展开枪战的那起案件吧。死的死，伤的伤，那起案件很是出名呢。”

“是的，如您所说……负责那次案件搜查的两位警官，就是这两位。”

坐在那边叫作矢部和鲇川的两个人第一次把脸朝向我这里。

而坐在前面的伊东，终于长叹了一口气。

大村把马克笔放在白板下面的托盘上。

木崎停顿了一小下，继续说：“……起初，我想静加只是伊东在户籍上的女儿，那么她真正的父亲又是谁呢？其实就是那个南原邸的主人，南原义男。这件事情，在当时搜查本部的DNA鉴定中已经得到了证实，当然伊东关于这一点也已经向他的妻子询问过，所以他肯定也是知道的。正因如此，伊东在得知南原义男被杀害的消息的时候，就担心此次事件也很可能跟静加有关。因此他就秘密地和帐房中的搜查员……就是鲇川先生和矢部先生取得了联系。另外当时，静加用的名字是亚希、全名是山本亚希子。”

然后，大村又在白板上写下了“山本亚希子”几个字。

仅仅根据他所说的信息，我还不能在脑中把整个案件的全部经过整理出来。我只是记下了白板上的所有要点，但当我再看的时候，却很难都全部理解。

但是，此刻又出现了一个根本性的问题。

“但是，为什么要对我说这些呢？”

难道是因为她是原警察官的女儿，就可以将她无罪释放吗？

“嗯……而且，还有两点。关于南原邸事件，还有两点我要说明。这是在媒体中未曾公开的信息，实际上……在南原邸事件中所使用的一支手枪，从现场消失了。”

这一点果然令人震惊。

“那把枪，就是发生在千束一丁目的枪击案中使用的凶器……”

“是的，被枪击的人是一直在寻找亚希下落的大和会系奥山组旗下的暴力团体，天洲会中央的组成成员。从旋转的条状伤痕中比对的结果显示，是出自同一把手枪……另外，还有一点。”

这回又是什么呢？

“南原邸事件中，从现场消失的不仅仅有手枪……还有南原义男的女儿，南原澪，在事件发生后也失踪了。”

这样啊，原来是这样啊。

“……也就是说，在浜西辰的公寓里生活的是伊东静加和南原澪两个人了。”

“是的。两人虽然母亲不同，但是却是同一位父亲——南原义男……也就是说她们俩是有血缘关系的姐妹。”

“当然静加是知道这一点的，所以才将澪从家里带走的。”

“你指的是？”

“南原义男是她的生父，而澪是她同父异母的妹妹。”

此时，伊东第一次张口说话。

“是的……她应该是知道的。静加在离家出走前，曾经突然问过我南原义男是谁。我和妻子曾经在说话时提及过他，我想可能是被静加听到了。本来一直都是很小心的……”

确实，孩子们对于秘密的事情总有种本能的敏感。

“那时，您妻子怎么说？”

“说他已经不在了，在我和静加两个人都在场的时候。”

“她有回答什么吗？”

伊东摇了摇头，说：“……什么也没说。但是，这或许就是她的回答……她也许认为南原义男是一个不能从我口中说出来历的人。静加之后没有再问过什么，我觉得她肯定只是觉得好奇而已。自己的生父，到底是一个怎样的人……从小她就是一个经历过很多痛苦回忆的孩子，是不是对自己的生父有一种漠然和憎恨的感情呢？或者是……她想知道关于南原的一切呢？……我不知道。”

也许是觉得很惭愧吧，伊东说着说着便低下了头。

“但是……她终于还是找到了南原义男。本来她也没有什么能称得上是线索的线索，不是吗？”

伊东回答了一句“啊”，好像想到了什么似的点了一下头。

“我觉得她也许是从在小金井被杀害的小池基文那里找到的有关南原义男的线索的。因为小池原来和南原同属于天洲会，而且他死的时候，身上并没有发现手机。我们觉得应该是静加把它拿走了……至于这个小池和静加是否认识，我们就不太清楚了。”

为了调查南原而接触小池，她真的是相当有计谋啊。

我再次看了看白板。

“顺便问一句……南原邸事件发生时，静加多大年纪？”

又是木崎回答的。

“当时她十五岁。”

“澪呢？”

“刚刚九岁。”

“千束枪击案件发生时呢？”

“静加十八岁，澪应该马上就十二岁了吧。事件发生距今已经是整整十三年了。”

这么说来，今年静加应该是三十一岁，澪是二十五岁。

突然，我感到脑袋里面有点发凉。

难道自己犯了一个小错误？

“不好意思，您有带来静加的照片吗？”

伊东点点头，把手伸向内兜。

再次进行调查取证的时间，是比前一天再稍稍晚一点的时候。可能是妆都掉了的缘故吧，她看上去比实际年轻了四五岁。

我在对面的座位坐下来，微微地行了礼。

“自那之后……又突然发生了很多事，也了解到很多。虽然这么说，这决不是我一个人调查的功劳，而整件事情，多亏了有年长的前辈提携和指示。”

和上次一样，她丝毫都没有反应。

但是，“……在台东区，千束居住的。”

因为这一句话，我发觉她眼睛在微微地转动。

“我和一位叫作浜西辰的女人见了面，听她讲了一个故事。是一个关于在十五年前的一个雨夜，出现的一对美丽姐妹的故事。”

她的视线开始从我的一方移开。同时，不断散发妩媚气息的瞳孔突然变得非常的无力。

她对少女两个字——

即使如此她还是一句话也不说。

“两姐妹叫作亚希和澪……实际上，直到刚才我都想错了。我一直认为你是亚希。浜西辰也这样说过。但是其实是不对的……你是南原澪。”

我觉得在她心中好像有什么东西正在开始起伏不定，而视线也找不到着落点。

“你是，那起被叫作‘南原邸事件’的有名枪击案件的现场中，被一个叫作亚希的女子救出来的女孩。以后，这个亚希一直在养育着你，最终你盗用了仲尾真琴的户籍，一直以这个人的身份生活到现在……不是吗？”

她迅速地眨着眼，吞了几口唾沫，感觉有什么往上涌，但又被她压下去了。

“谋划南原邸枪击事件的，应该就是亚希。但是话说回来，亚希因为你，夺走了你的双亲、家庭、和南原澪的人生。亚希对此也很后悔。因此，她无论如何都希望你幸福。所以，她把仲尾真琴的人生买下来给了你……”

她用牙齿咬住薄薄的嘴唇，好像要咬断一样，特别地使劲。

“真正的仲尾真琴，因吸食毒品身亡。也许是因为她债台高筑，一时想不开吧。那时候，真琴就对亚希说，把自己的户籍卖给她。不不不，也许说不定是亚希提出来的……我们推测，交易的金额高达二百万日元。这正好是当时真琴所欠下的债。”

老实说，关于这次事件，是我们的负责人员通过自己的努力调查到的。但那些所调查出来的结果，大部分都只是和仲尾真琴的债务有关的资料。

“亚希是通过在夜总会工作，攒下的那笔钱。这一切都是为了给你一个真正的户籍。她是在用身体卖钱。”

嘴唇感觉就要快被她咬断的时候，澪的眼睛里开始不住地流下泪水。

“现在好了吧……澪。你们的逃亡生活结束了。你和亚希都还很年轻。即使要抵罪，你们也可以再重新地享受属于你们自己的人生。在这，你们就为原来的自己做一下忏悔吧，然后，就可以轻松地生活了。也是为了你的女儿……唯啊。”

说是点头，也不对。澪只是低着头，流着泪，终于开始说：“……我父亲，是一个残酷的人。我觉得他极其地讨厌家庭和孩子，我和妈妈经常……每天被他打。他把自己的手下叫到家里来，大呼小叫，即使在最热闹的时候，只要稍稍有点不顺心……现在想想，大部分是有些原因的……为了使自己振奋精神，就用手掌或者拳头打我和妈妈。他的手下什么也不说。全都是些拍我父亲马屁，而故意装作什么都没看见的人。”

她停下来，深吸了一口气。

然后，细细地慢慢地吐出来。

“但是……亚希却不同。只有她一个人保护我。她会经常对我父亲说，‘这么小的孩子，不要打她了’之类的话。当时，我十分害怕，用惊恐的眼神看着她……而且，父亲也很惊讶。虽然什么也没说，但是在当时，他确实没有再打我，也没有把亚希怎么样。我觉得父亲应该是喜欢亚希吧。即使是被叫到家中的其他组织成员们，也对亚希特别地关照。”

澪可能还不知道亚希其实是她的姐姐。但是，现在还是先不要确认了。澪只是隐约地感觉到南原和亚希有肉体关系，但是我现在也没有和盘托出，其实南原就是亚希的生父这件事。

“关于那次的事件，我都已经记不清了。亚希把我从浴室的窗户中放出来，然后开走了预先在外边停好的车……我不知道什么时候睡着了，醒的时候，我受重伤的伤口已经都处理好了。我想大概应该是亚希给我包扎的吧。现在，那个伤疤还留着呢。”

澪掀起前面的头发，可以看见在发髻处的皮肤显得有些紧绷。都已经过去十六年了，竟然还是这样清晰可见，这就说明当时所受的伤肯定不轻。

关于在春菜庄所度过的时光，和浜西辰所供述的基本一致。不料，澪附加说，那段时光是她一生中最幸福的时候。

调查取证先暂且告一段落，先让澪去吃一口饭。

再次开始的时候，这次主要是说在春菜庄以后的生活。

“我最终也没有去学校，但是亚希总算想办法让我去补习班学习。我学习也很好。但是……补习班里都是偏向学习的课程，就是没有体育课。”

在纸杯中有倒好的凉茶，澪时不时地喝一口。

“……在我十六岁那年，成为了仲尾真琴。但是，户籍上却标注的是二十岁，这也没有办法。亚希也说，先这样吧，以后再说。我很高兴，因为很多事情。比如我开始打工，还有我真正拥有了银行户头……与佐川相识，是大概一年之后的事情。他经营一家乐器店，我就是在那打工。因为我会弹钢琴。关于这一点，我还是很有自信的。”

从这时开始，澪显得有些害羞，她的脸上露出了一丝微笑。

“……开始交往没多久，我就怀了唯。这就是所谓的奉子成婚吧。当时，佐川三十五岁……他倒是挺着急结婚什么的。因此我觉得他没有特意地去避孕。我在户籍上的年龄是二十一岁，而实际上我才刚刚十七岁……因为年轻，他或许觉得让我怀孕了，就肯定逃不掉了。”

这种自嘲的笑容中，含着一丝的悲伤。

“但是，也许这样更好。我也想要早点建立家庭。我想过普通的、平常的生活。亚希也替我高兴。她见过这个男人之后，对我说绝对不能错过这个好男人。亚希既是我的姐姐，也是我的妈妈，同时也是我曾经唯一的朋友……我想把她介绍给佐川，但是，这个想法最终还是被她拒绝了。她说：‘你是孤儿。就连履历表上都是这么写的。如果作为朋友的话，还行，但是要结婚的话，绝对不行。’……真的，如果亚希说不行，那就绝对不行。所以没办法，我放弃了这个想法……”

澪突然闭口不言，紧紧地咬住下唇，将下巴拢圆，眉头紧锁。小的时候她每次哭前，都会对亚希作出这个表情。

“……如果他说来我家，我就会先告诉对亚希，她每次都会说‘好的，那我那天就出门……买买东西啊，或者找些白天的工作什么的’。……我本来是这样想的，但是……有一天上午亚希走了之后，就再也没回到过这个房间……”

那也是距今七年前的事了，那时澪大概只有十八岁。如果这样计算的话，那时候的亚希，也就是静加，应该是二十四岁吧。

接下来说的就是澪变成佐川真琴之后的生活。

“亚希，一定在哪守护着我们。她比谁都希望我幸福，所以她绝对在某个地方守护着我和唯。所以，我也要努力地活下去。我绝对不可以破坏现在的生活……本来是这样想的，但是果然还是不行。怎么说呢……”

她忽然背过脸去，开始抽泣起来。

“我做人太失败了……我想马上逃跑。我自己还是孩子，到底应该怎么做呢，我自己都不清楚。我想到放弃。在唯哭的时候，什么都不会做，婆婆因为这经常这样训斥我……但是，我故意装作什么都听不见。但是，唯的声音……如果说她真的是在哭的话，虽然我也能有所察觉，但总是那么的漫不经心，甚至有时候还会故意装作看不见……”

澪当时的样子非常凌乱，两只手抓着自己的头发，用力地握着拳头，仿佛在她头中间盘旋飞舞的是一群黑色虫子。这一点，让我很难想象。

“孩子的哭声不停，真的非常令人讨厌。要不，把她扔了吧……实际上，有过好多次想把她给扔了的想法……好多次我竟然把唯的屁股打到了内出血的程度……我觉得她一点也不可爱，怎么说呢，我实在没有再继续这样生活下去的力气……再也忍受不下去了……此时，我想起了父亲。啊，那个人，当时也许也是这种心情的吧……我终于明白了，但还是很讨厌这种生活……”

我拿出手帕，澪低着头收下。很注意地擦了擦眼睛和鼻子。

“……因为佐川的父母在，所以才保住了唯的性命。最终，我被赶出了家门，无论是作为母亲，还是作为妻子，我都被否定了……”

“这是？”

“两年前的事。”

以后，即使是幼儿园或学校举办活动，澪也只出席那种入场时不需要签名的活动，她去的唯一目的也只是去看一下自己的女儿到底长多大了。

“在那之后，就与亚希完全没有联络了吗？”

澪摇了摇头。但是我觉得她一定是在说谎。

“绝对不可能啊。亚希比谁都希望你幸福……不是吗？所以，你结婚，生子，然后就没问题了。一生安泰什么的……就这样放任不管，绝对不可能啊。或者来看看你，或者打电话问问你的情况，这些都没有吗？”

虽然没有什么根据。但是，从到目前为止所发生的事情上推断，让人不得不这么想，那就是，亚希只有澪一个妹妹，澪也只有亚希一个姐姐，两个人一直紧紧相连。直到现在，一直到将来……

“这个是……关系到仲尾真琴的户口买卖人到底是谁的重要信息。拜托你了……亚希现在在哪？如果是你的话，一定可以联络到她。电话号码也好，电子邮箱也好。告诉我吧。”

过了一会儿，澪不再摇头了。

“你还记得吗？亚希十三年前，在你的眼前，曾经对着两名黑社会成员开过枪。另外，她还和其他的种种犯罪案件有关。你现在这样，被警察拘留在这，她却什么也做不了……你不觉得她会很痛苦吗？”

虽然话语中稍稍有些胁迫的含义，不，如果回顾她到今天为止所犯下的所有罪行的话，我的一切担心都是很正常的。因为毕竟，她从十三岁开始就一直在杀人。而且，她也有着常人所没有的缜密的思维和智谋。即使是我们警察，她也是一个绝不能轻视的对象。

“澪小姐，你就帮帮亚希吧。一切都到此为止吧，害怕什么，逃避什么，面对什么样的人生，现在就让它到此终结吧……除了你之外，谁也不能再为她做什么了……”

这时候，会场搜查员桌子上的内线电话响了。

“……你好，这里是第六调查室。”

我斜眼看着接电话的同事，究竟是什么事儿呢？她拿起电话后的表情，竟是那么的阴沉。很少表露出感情的她，此刻眉毛也不断地向上挑动着。

一会儿她把电话递给了我。

亚希，好像也出现在了运动会上。我这样说，澪稍稍表现出了吃惊的表情。“果然你们俩还是联络了。”我这样提醒着她说，终于她微微地点了点头。

“……在我结婚前，她的手机号码一直都没有变，但我一年只能收到她一个电话。但是，亚希的电话总是打不通。我真的不知道。真的。”

“最后一次的通话，是什么时候？”

为了搜寻记忆中的线索，她稍稍思考了一会儿。

“我想大概是两个月前吧。实际上，那时候，是我刚刚告诉她，我和佐川一直在分居……她非常地生气……所以从那之后，怎么说呢……我就只告诉她一些用不着她担心的好事……”

原来如此，原来是这样啊。

“运动会的事，也是那时候说的？”

“是的……应该是，我确实说过。我说运动会是你唯一能到见唯的机会……”

然后，她看着我的眼睛。

“警察先生……亚希也来运动会了，为什么？”

应该怎么跟她说好呢？老实说，我现在还没想好怎么和她说。

“亚希被捕了吗？她现在也在这吗？”

不是的。她现在不在这。

“她在哪？亚希，她现在在哪？”

沉默了一会儿，澪将身体探出桌子，用至今都没有的强硬语气继续说：“让我见见她。我一句话也不说。我会保持沉默的。我们也不会说什么，不会在背后统一口径。所以……哪怕是脸，就让我看一眼。我绝对不说话。要不远远地看也行。亚希看我，或者我看亚希，即使隔着玻璃也好……”

我摇摇头，直到澪逐渐恢复了常态，我一直在不断地摇着头。

“……为什么？……”

该什么时候告诉她好呢？那就现在吧。我这样想。

“……亚希，她死了。就在今天上午。”

她顿时没有了声音，甚至连嘴都没有张开，只有迷惑的神色在澪的脸上蔓延。

“从学校通用门飞奔出来的唯，追赶你所乘坐的警车，本应该是她遭遇车祸的……她不是因为运气好而得救的，而是正好在现场的一位女性，挺身相助，才最终使唯只受了一点轻伤。”

现在这到底是什么意思，我想澪已经完全明白了。

“那个人……多半是亚希。本名叫伊东静加的女子。刚才的电话，就说的是这件事……我们的搜查员注意到她前来看运动会并用小望远镜观察唯。但是我们的搜索对象却是你。她确实比你高一点，左脸颊也没有痣……”

澪依然面无表情。但是眼泪不断地向下流，不断地往外涌。

“我们将你带走的时候，被唯看到了，她就离开了班级的座位。亚希……静加大概也是看到了她，从校园的侧门出去，认为她会先到达学校的通用门。在外边绕一圈，比起在人群中间穿过，能快好多……终于，就在快到十字路口的时候，唯冲了出来。但是，后面又来了一辆翻斗车，但唯根本没有停下来的意思。两辆车在十字路口相遇……此时，静加挺身而出，她选择了保护你的女儿。”

泣不成声的澪，应该没有什么想说的了。

我伏在桌案，一直看着她激烈颤抖的肩膀。我也不知道在我耳边的号啕大哭，是什么时候结束的。

第二天，举行了伊东静加的葬礼。

实际上，在十六年前，静加已经死过一次了。当时是怎么处理的，我也不可能知道。

总之，她的家人再次举行了这位名为伊东静加的女士的葬礼。

没有几个人参加。

那天，除了在第四会议室集合的那几个人之外，还有数名警官。另外，还有静加的母亲。佐川唯和佐川秀行，还有一个和静加同岁的女子，据说是大村巡查部长的女儿。以前还和静加是同学，还经常一起去补习班学习。

在遗体火化期间，和我交流最多的还是那个木崎警部补。如果他那天不和我说话的话，我想这次的事件也不会如此完美地解决。关于这一点，我真的要好好感谢一下他。

在等候室，他不经意地说：“……你对静加所做的事，不仅是伊东警官，而是我们警员的责任。我最初想要息事宁人的，但这是不对的。反而会让事情适得其反……所以在意识到这一点之后，我们就真正地开始起了调查，但是已经晚了。在我们触碰不到的黑暗世界中，那个孩子一直在那里等待……”

木崎问我见过她的遗容了吗？我回答见过了。

“比想象中要好，没有伤痕……真好，还是那么漂亮的一张脸。”

确实是一副平静、温和的遗容。

木崎深深地叹了一口气。

“……为什么会这样呢？我们花了十七年的时间，到底弄明白了什么呢？越调查越不明白。要说明白的话，也只是明白了静加离我们越来越远……越来越抓不到她……为什么会这样呢？藤冈，我们到底应该怎么做呢？”

我只能回答，我也不知道。

在旁边，伊东原警视在和唯说话。他双膝跪在地上，以便能看清孙女的目光，听到她说话的声音。在后面，他的夫人也以同样的目光点着头。

这个场景，究竟是幸福还是不幸呢？

但是，只有一个女人被召唤到了天国。

下午的时候，天空突然放晴了。

Mo 推理馆·经典

雷蒙德·钱德勒

/ 街道上尽是比夜晚还要黑暗的东西。/

“一身都是烟头烧的洞，永远宿醉难醒”的

私人侦探马洛系列

THE BIG SLEEP | **长眠不醒**

放得下万贯家财，放得下两个千金女儿，
却唯一放不下那个失踪的女婿……

FAREWELL,MY LOVELY | **再见，吾爱**

越是漂亮的女人，越危险……

THE LADY IN THE LAKE | **湖底女人**

深埋心底的暗暗杀机，
柔情满载也是骗局……

THE LONG GOODBYE | **漫长的告别**

道别，等于死去一点点……

Mo 推理馆·经典

雷蒙德·钱德勒

/ 街道上尽是比夜晚还要黑暗的东西。/

“一身都是烟头烧的洞，永远宿醉难醒”的

私人侦探马洛系列

THE HIGH WINDOW | 高窗

两枚金币，引出三具尸体。
关键证人，一出场就被干掉。

THE LITTLE SISTER | 小妹妹

很慢，很悲伤，
仿佛她正在淹死一只心爱的小猫。

PLAY BACK | 重播

以为今天一如平常，
谁知道人生就此谢幕。

Mo 推理馆·经典

约瑟芬·铁伊

The Man In The Queue | **排队的人**

在剧院门口排队买票的男子死在队伍中，
却没有人知道他是谁，何时被插入了匕首？

A Shilling For Candles | **一先令蜡烛**

当红明星的尸体出现在清晨的海滩上，
是溺水？还是情杀？

Miss PYM Disposes | **萍小姐的主意**

女子学校里一位女孩的意外死亡，
让研究心理学的萍小姐陷入两难，
是选择理智？还是情感？

The Franchise Affair | **法兰柴思事件**

失踪近一个月的 16 岁女生，
指控有人诱拐她，
漂亮女人的话，能不能相信？

Mo 推理馆·经典

约瑟芬·铁伊

To Love And Be Wise | 一张俊美的脸

俊美的她打乱了小镇的宁静，
而后的离奇失踪，更掀起轩然大波……

The Daughter Of Time | 时间的女儿

能不能躺在病床上，
就推翻流传四百年之久的历史定论？

The Singing Sands | 歌唱的沙

“醉”死在火车车厢里的年轻人，
为何要留下一首诗？

Brat Farrar | 布拉特·法拉

失踪八年的第一继承人，
突然出现了……

版权登记号：01-2013-8918

图书在版编目(CIP)数据

少女的复仇 /（日）誉田哲也著；千太阳译. —北京：现代出版社，2017.6
ISBN 978-7-5143-4302-1

Ⅰ. ①少… Ⅱ. ①誉…②千… Ⅲ. ①推理小说－日本－现代 Ⅳ. ①I313.45

中国版本图书馆CIP数据核字（2017）第071674号

First published in Japan in 2012 by Futabasha Publishers Ltd., Tokyo.
Chinese translation rights arranged with Futabasha Publishers Ltd. through
Beijing GW Culture Communications Co., Ltd.

少女的复仇

作　　者	[日] 誉田哲也
译　　者	千太阳
责任编辑	赵海燕
出版发行	现代出版社
通讯地址	北京市安定门外安华里504号
邮政编码	100011
电　　话	010-64267325　64245264（传真）
网　　址	www.1980xd.com
电子邮箱	xiandai@cnpitc.com.cn
印　　刷	三河市南阳印刷有限公司
开　　本	890 × 1240　1/32
印　　张	7.5
版　　次	2017年7月第1版　2017年7月第1次印刷
书　　号	ISBN 978-7-5143-4302-1
定　　价	36.00元